KJB

Foto: privat

**Olivia Tuffin** lebt auf einer Farm in Dorset, England. Sie reitet am allerliebsten mit einem ihrer drei Palominos aus. Früher hat sie ausgemistet und im Stall geholfen, um sich ihre Reitstunden zu verdienen. Dass sie heute eigene Pferde hat und genau die Geschichten schreiben kann, die sie selbst schon immer gern lesen wollte, macht sie zum glücklichsten Menschen der Welt.

Alle Bücher von Olivia Tuffin bei FISCHER:

*Redgrove Farm – Auf vier Hufen ins Glück*
*Redgrove Farm – Das neue Fohlen*
*Redgrove Farm – Die große Chance*
*Redgrove Farm – Der Traum vom Sieg*
*Redgrove Farm – Turnier der Entscheidung*
*Silbermond – Gegen den Wind*
*Silbermond – Eine stürmische Nacht (erscheint Frühjahr 2020)*

Weitere Bände sind in Planung

Weitere Informationen zum Kinder- und Jugendbuchprogramm der S. Fischer Verlage finden sich auf *www.fischerverlage.de*

Olivia Tuffin

# Silbermond

## Gegen den Wind

Aus dem Englischen von
Angelika Eisold Viebig

KJB

MIX
Papier aus verantwortungsvollen Quellen
FSC® C083411
www.fsc.org

Erschienen bei FISCHER KJB

Die englische Originalausgabe erschien 2017
unter dem Titel ›A Pony called Secret – A New Beginning‹
bei Nosy Crow Ltd., London, England

Hedderichstr. 114, D-60596 Frankfurt am Main
Umschlaggestaltung: Birgit Gitschier, Augsburg,
unter Verwendung von Motiven von Shutterstock
Satz: Pinkuin Satz und Datentechnik, Berlin
Druck und Bindung: CPI books GmbH, Leck
Printed in Germany
ISBN 978-3-7373-4169-1

# Prolog

Der Highlandwallach war schneeweiß, und seine dichte Mähne fiel perfekt, das kleinste Knötchen war hingebungsvoll herausgekämmt worden. »Schon besser«, meinte der Junge lächelnd und tätschelte ihn. Wenn er mit seinem Pony zusammen war, konnte er alles vergessen, den Kummer vom letzten Jahr, die Sorgen um die Zukunft. Er war so in Gedanken versunken, dass er zusammenzuckte, als noch jemand den Stall betrat.

Der Mann telefonierte und war sich offensichtlich nicht bewusst, dass seine Worte mitgehört werden konnten. Der Wallach in seiner Pferdebox spitzte nur die Ohren, sonst rührte er sich nicht, und der Junge merkte, wie ihm beinahe das Blut in den Adern gefror.

»Die muss es auf jeden Fall dicke haben. Sie hat den ganzen Schuppen hier geerbt!« Der Mann mit dem Handy lachte. »Und dann steckt sie alles in dieses idiotische Team. ›Aufgepasst, hier kommt die Ponyparade‹«, spottete er. »Aber die Tiere sind jedenfalls erste Sahne und könnten in den richtigen Händen viel wert sein …«

Es gab eine Pause, dann war ein erneutes raues Auflachen zu hören.

»Ich arbeite daran.« Die Stimme des Mannes klang hämisch. »Sobald ich sie überzeugt habe, diesen Schrotthof und ihren komischen Bruder loszuwerden. Lass mir nur noch ein bisschen Zeit …«

Die Stalltür schlug zu, und der Mann entfernte sich, bis seine Stimme nicht mehr zu hören war. Der Junge konnte wieder atmen.

Seine Hand auf der Mähne des Ponys zitterte, doch der Junge hob kämpferisch den Kopf. Er würde alles tun, was er konnte, um das, was er so liebte, zu beschützen: die Ponys, diesen Hof, sein Zuhause und seine geliebte Ponyparade.

Sie hatten heute Nachmittag eine Vorführung und würden wie immer ein Lächeln aufsetzen. Wenn die Zuschauer nur wüssten, was los war, wenn die Musik aufhörte.

# 1

Die dreizehnjährige Alice Smalley tätschelte den Hals ihres Ponys Silbermond, das während eines Turniers ruhig dastand. Es war ein weiterer erfolgreicher Tag für das Turnierteam ihrer Mutter. Alice liebte alle Pferde auf Park Farm, dem Turnierstall der Familie, aber Silbermond nahm einen besonderen Platz in ihrem Herzen ein.

Sie lächelte, als Silbermonds Ohren zuckten, als ob er ihre Gedanken hätte hören können. Sie hatten eine besondere Verbindung zueinander, ja, sie beide waren unzertrennlich. Die Arbeit mit Silbermond war nicht einfach gewesen, denn er war recht eigensinnig, aber Alice hatte ihn unermüdlich trainiert, und ihre Anstrengungen wurden belohnt. Inzwischen sah die Zukunft für das talentierte Pony sehr gut aus.

Der Richter lächelte und rief das Paar nach vorn, sie hatten den ersten Platz errungen. Niemand war überrascht; Silbermond war wirklich das geborene Turnierpony. Er hatte das gute Aussehen seiner Mutter Lily geerbt, auch wenn sein Fell nicht rötlich, sondern silbern glänzte, was ihm auch den Namen Silbermond eingebracht hatte. Silbermond trabte nicht einfach, er schwebte geradezu. Wenn er in die Arena kam, funkelten seine Augen, und er blühte unter der Aufmerksamkeit auf. Je mehr Zuschauer da waren, desto besser war seine Leistung.

»Silbermond«, verkündete der Kommentator über Lautsprecher, »trainiert und gezeigt von Alice Smalley!«

Lächelnd ließ Alice ihr Pony lostraben, Silbermonds lange Schritte ließen seine Mähne fliegen. Die Menge klatschte und jubelte, voller Bewunderung für diesen Schimmel und seine talentierte Reiterin …

»Alice!« Scharf durchschnitt Josephine Smalleys Ruf Alice' Träumerei und ließ sie schuldbewusst zusammenzucken. »Alles in Ordnung?« Josephine spähte zu ihrer Tochter und kehrte dann, ohne auf eine Antwort zu warten, zurück zum Tagesgeschäft. »Komm schon«, sagte sie ungeduldig, »wir haben immer noch Lachlans zweite Klasse zu absolvieren, und du musst dich beeilen. Also los und viel Glück!«

Alice seufzte tief. Sie hatte sich völlig in ihrem Tagtraum verloren. Doch da stand sie nun vor der Arena und hielt die Zügel von Porridge, ihrem treuen Shetlandpony. Silbermond war immer noch zu Hause auf seiner Weide und noch längst nicht bereit für ein Meisterschaftsturnier, das war Alice klar. Es gab Tage, da konnte sie Silbermond nicht einmal geführt dazu bekommen, in eine Arena hineinzugehen, geschweige denn, dass er eine Siegerrunde hätte drehen können. Bislang hatte jeder Wettbewerb, an dem sie mit ihm teilgenommen hatte, auf die eine oder andere Weise mit einem Missgeschick geendet.

Automatisch berührte Alice mit den Fingern die verblasste Narbe auf ihrer Wange, wie so oft, wenn sie daran dachte, wie Silbermond damals als Hengstfohlen zu ihr gekommen war. Wäre er nicht gewesen, Alice wäre wahrscheinlich nie mehr auch nur noch in die Nähe eines Pferdes gekommen. Die Narbe würde sie immer an ihren Unfall mit Honey erinnern, den schlimmsten Tag ihres Lebens. Ein einfacher Geländeritt an einem kühlen Weihnachtsabend hatte in einer Tragödie geendet. Ihr Reitpferd Honey war bei einem Sprung gestürzt und gestorben, und Alice war schwer verletzt worden. Es war niemandes Schuld gewesen; Honeys großes Herz hatte einfach aufgehört zu schlagen. Mit der Zeit war es leichter geworden, mit dieser Erinnerung zu leben, doch das verdankte Alice auf jeden Fall Silbermond.

Alice tätschelte nun Porridge ein letztes Mal und verkniff sich bei der Mahnung ihrer Mutter einen genervten Augenaufschlag, dann lief sie los, um ihre letzte Klasse zu absolvieren. Die Turniertage waren für ihre Mutter sehr wichtig, da war sie immer etwas angespannt.

Josephine Smalley, Alice' Mutter, war eine höchst angesehene Turniertrainerin, und Alice hatte einen großen Anteil am Erfolg des Reitstalls, indem sie so ungefähr jede Meisterschaft gewann. Es gab eine lange Warteliste von Leuten, die unbedingt ihre besten Ponys zu Josephine Smalley schicken wollten, damit sie dort ausgebildet wurden und Wettbewerbe gewinnen konnten. Deshalb waren die Ponys, die Alice bei den Turnieren ritt, stets Spitzenklasse. Es gab vereinzelt Reiter, die ihr das übelnahmen und behaupteten, Alice brauche sich nur auf die Pferde zu setzen, um danach die Rosetten einsammeln zu können, und dass dazu nicht wirklich echtes Talent nötig wäre. Also wollte Alice unbedingt beweisen, dass sie sowohl als Reiterin als auch als Trainerin gut war, und Silbermond war dazu ihre Chance. Der Schimmel gehörte ihr allein. Allerdings musste Alice zugeben, dass sie manchmal mit dem temperamentvollen Pony zu kämpfen hatte.

Kurze Zeit später, als sie Lachlan ritt, ein wunderbares Highlandpony, wanderten Alice' Gedanken zu ihrer Mutter. Alice wünschte oft, sie hätte eine ganz normale Mutter, wie sie im Reitclub zu finden waren, und dass sie Zeit für andere Sachen hätten. Sie könnten einfach nur zum Spaß reiten oder auch an Cross-Country-Rennen teilnehmen. Aber seit Alice' Sturz war Josephine diesbezüglich ausgesprochen vorsichtig. Alice dachte oft daran, wie lebendig und frei sie sich damals gefühlt hatte, auf ihrer geliebten Stute querfeldein zu galoppieren, kurz bevor ihre Welt zusammengebrochen war. Sie hätte das

Reiten beinahe für immer aufgegeben, und es war nur der zufällige Aufenthalt von Silbermond auf Park Farm gewesen, der sie ermutigt hatte, sich wieder den Ponys – ihrer wahren Liebe – zuzuwenden.

Ein paar Jahre waren seitdem vergangen, und Alice hatte viele Ponys für wichtige Turniere qualifiziert. Jeder freie Platz in der Küche der Smalleys war mit Schleifen und Rosetten bedeckt. Josephine lebte für das Turnierreiten und fuhr dafür mit den Ponys durchs ganze Land zu Turnieren. Ihre Spezialität waren die Klassen für Berg- und Moorlandponys, wo die Tiere gegen andere der gleichen Rasse antraten.

Es war viel Trainingsarbeit nötig, damit die Ponys diesen hohen Standard erreichten, und darüber hinaus mussten sie auch noch an den meisten Wochenenden bei den Turnieren geritten werden.

Doch Alice wurde es allmählich leid, ständig diese Turniere reiten zu müssen. Es war nicht so, dass es ihr keinen Spaß mehr machte, die Ponys zu reiten, aber diese Turniere waren nie das gewesen, was Alice am liebsten mochte. Vor ihrem Sturz hatte sie im örtlichen Reitclub reiten wollen. Doch Alice' Selbstvertrauen hatte einen solchen Knacks bekommen, dass es besser schien, ihrer Mutter zu helfen und sich nur auf das Turnierreiten zu konzentrieren. Inzwischen war das alles, was sie tat – Woche um Woche.

Alice träumte von einem Wochenende, an dem sie nur auf Silbermond einen Strand entlanggaloppierte. Silbermond war der Grund, weshalb sie wieder ritt, auch wenn sie versuchte, die kleine Stimme in ihrem Hinterkopf zu ignorieren, die fragte, ob sie ihn jemals richtig reiten könnte. Sie seufzte und trieb Lachlan an. Wenn sie nur wüsste, wie es weitergehen sollte!

# 2

Lachlan galoppierte mühelos seiner Konkurrenz davon. Er war eines der bekanntesten Ponys im Land und sah in den nächsten Jahren seinem wohlverdienten Ruhestand entgegen. Das große Highlandpony war für Alice etwas ganz Besonderes. Lachlan war das erste Pony, das sie nach ihrem Unfall mit Honey geritten hatte, und er hatte es immer gut mit ihr gemeint.

Lächelnd rief der Richter unter donnerndem Applaus Alice als Siegerin auf. Alice steckte die rote Rosette an Lachlans Zaumzeug, bedankte sich beim Richter und setzte zur Ehrenrunde an. Als sie im Galopp ihre Runde drehten, tätschelte Alice den Wallach lobend und fragte sich, wie oft sie das nun schon getan hatte. Hundert-, zweihundertmal? Sie hatte nicht mehr mitgezählt. Sie wusste, das klang, als sei sie verwöhnt, aber auf den Pferden anderer Leute in der Arena zu gewinnen, war einfach nicht mehr so aufregend für sie.

Alice gähnte, als sie die Stufen hinauf in den Pferdetransporter stieg. Sie hatte Shelley, der Pferdepflegerin von Park Farm, geholfen, die Ponys zu versorgen, die sich jetzt Heu aus ihren Netzen zupften. Alle waren praktisch abfahrbereit. Josephine machte sich gerade eine Tasse Tee. Es war ein erfolgreicher Tag gewesen, und man konnte sehen, dass Josephine sehr zufrieden war.

Alice blieb noch in der Tür stehen, ihre Bluse steckte nicht mehr ordentlich in der Hose, und ihre Reitstiefel hatte sie gegen Turnschuhe getauscht. Ihr weißblondes Haar löste sich langsam aus dem festen Knoten, und lose Haarsträhnen wehten in ihr blasses Gesicht.

»Mum?«

»Ja, Liebes?« Ihre Mutter setzte sich jetzt, die Videokamera in der Hand.

»Ich wollte nur fragen, ob ich vielleicht noch ein bisschen zur Hauptarena darf?«

»Klar.« Ihre Mutter blickte nicht einmal vom Kameradisplay auf, sondern betrachtete aufmerksam Lachlans Einzeldarbietung. »Aber wir müssen um vier los. Bleib bitte auf der Seite, wo die Transporter stehen, und achte auf dein Handy.«

Alice blickte auf ihre Uhr. Zwanzig wertvolle Minuten, die sie für sich allein hatte! Sie rannte durch die Reihen der geparkten Transporter und fädelte sich durch die Menge, um zur Hauptarena zu gelangen. Außer Atem kam sie dort an, ließ sich auf die Wiese fallen und verschränkte die Beine im Schneidersitz, als auch schon ein vertrauter Trommelwirbel in der Arena ertönte.

Die Menge klatschte begeistert, als die erste Reiterin hereingaloppierte. Eine junge blonde Frau mit einem Kapuzenmantel ritt im Damensattel auf einem großen Apfelschimmel. Helle Federn schmückten die Mähne des Pferdes. Nach ihr folgte eine junge Frau mit lockigen braunen Haaren, die mit je einem Fuß auf dem Rücken zweier Dalesponys stand, in jeder Hand ein Paar Zügel. Das Doppel galoppierte vergnügt um die Arena. Als Nächstes kam ein junger blonder Mann, der den größten Beifall von der Menge erhielt, besonders von den Mädchen. Sein Pferd war ein herrliches Vollblut, es hatte weder Sattel noch Zaumzeug, sondern lediglich einen einfachen Strick um den Hals. Alice sah zu, wie der Reiter den kräftigen Fuchs gekonnt durch Gewichts- und Schenkelhilfen lenkte. Ihre Mutter würde sagen, sein Talent sei verschwendet und dass er mit einem solchen Sitz lieber Turniere reiten sollte. Alice kicherte vor sich hin – den bestimmenden Ton ihrer Mutter noch im Ohr. Josephine legte großen Wert auf Tradition und auf gute Ausbildung.

Jetzt blickte Alice aufmerksam auf den letzten Reiter in der Arena. Der Junge war etwa vierzehn Jahre, hatte jedoch eine solche Ausstrahlung, dass die Spannung in der Menge spürbar stieg. Sein Pony war wie Lachlan ein Highlandpony, aber schneeweiß. Er würde auch gut in die Turnierarena passen, dachte Alice, als das Pony an ihr vorbeigaloppierte, an seinem Zaumzeug war kunstvoller Federschmuck befestigt. Der Reiter, ganz in Schwarz gekleidet, blickte konzentriert nach vorn, sein dunkelbraunes Haar fiel ihm in die Augen, als das Pony einen perfekten fliegenden Galoppwechsel vollführte.

Alice hatte der Ponyparade schon öfter bei Turnieren landauf und landab zugesehen und wusste, dass der Junge bei weitem der beste Reiter in der Gruppe war. Er saß ganz ruhig im Sattel, und die Pferde, die er ritt, zeigten einwandfreie Leistungen. Doch er lächelte kaum, und Alice fragte sich, ob er wohl in Wirklichkeit immer so unfreundlich war oder ob das nur gespielt war.

Die Gruppe zeigte jetzt eine Szene wie aus einem Schauspiel, jeder Reiter in einer anderen Rolle. Das blonde Mädchen auf dem Apfelschimmel war die Jungfrau in Nöten, der junge blonde Mann der gutaussehende Prinz, und das Mädchen auf den Dalesponys war ein Hofnarr. Wie immer war der dunkelhaarige Junge der Schurke. Die Zuschauer johlten begeistert, als die Reiter durch die Arena galoppierten und gewagte Tricks zeigten, sich halb aus dem Sattel fallen ließen und wieder zurückschwangen und dabei die Bahn der anderen Reiter um Haaresbreite kreuzten. Alice war begeistert. Es war unglaublich aufregend, diese Welt abseits von der streng reglementierten Dressurarena. Sie war so fasziniert, dass sie ihr Handy gar nicht klingeln hörte. Erst als ihre Mutter sich durch die Menge zu ihr schob und sie beim Namen rief, schrak sie zusammen.

»Da bist du ja.« Ihre Mutter klang irritiert. »Was um Himmels willen siehst du dir denn da an?«

Widerstrebend stand Alice auf. Der dunkelhaarige Junge vollführte gerade einen perfekten Schwung, und die Menge tobte.

»Was ist das denn?«, fuhr ihre Mutter fort und rümpfte die Nase. »Welche Verschwendung eines guten Ponys.«

Alice runzelte die Stirn und überlegte, warum sie die Vorführung der Kunstreiter so liebte. Es war nicht nur die Freiheit der Bewegung und der Spaß bei der Präsentation, sondern auch die offensichtlich besondere Verbindung zwischen Reiter und Tier.

Alice blickte ihre Mutter an. »Aber findest du sie denn nicht auch unglaublich? Wie sie ihre Ponys reiten und wie die Tiere reagieren? Es muss doch jede Menge Arbeit dahinterstecken.«

Mit perfektem Timing donnerte der Junge in Schwarz an ihnen vorbei, kopfüber hing er im Sattel. Das musste ihre Mutter doch wenigstens ein bisschen beeindrucken, oder?

»Ach komm schon, Al«, sagte ihre Mutter. »Das, was wir machen, erfordert viel Arbeit: Die Ponys dazu zu erziehen, in perfekter Harmonie die richtigen Schritte zu machen. Ich meine, das hier ist unterhaltsam …«, sie machte eine Pause und runzelte die Stirn, »aber letztlich handelt es sich nur um Tricks, um Zirkuskunststücke!«

Alice sah in das Gesicht ihrer Mutter, deren Mund leicht abfällig verzogen war, und seufzte. Ihre Mutter würde das wohl nie verstehen.

Als sie widerstrebend zurück zu ihrem Pferdetransporter ging, blickte sie sich noch einmal um, und für den Bruchteil einer Sekunde dachte Alice, der Junge in Schwarz sähe sie mit einem Lächeln direkt an. Aber als sie noch einmal genauer hinschaute, galoppierte er bereits in die andere Richtung. Sie schüttelte den Kopf. Ihre Phantasie hatte ihr wohl einen Streich gespielt.

# 3

Alice stieg in die Fahrzeugkabine des Transporters und machte es sich für die lange Heimfahrt neben Shelley bequem, die bereits mit einer Pferdezeitschrift über dem Gesicht eingeschlafen war.

Nachdem ihre Mutter sich noch einmal die Route angesehen hatte, steckte sie den Schlüssel in die Zündung und sah wieder fröhlicher aus. »Das war wieder einmal ein guter Tag. Gut gemacht, mein Schatz.« Sie klang zufrieden. »Hoffentlich wird es morgen genauso gut. Das wird auch noch einmal ein langer Tag werden.«

Während ihre Mutter weiter über das Turnier redete, schaute Alice aus dem Fenster und fragte sich, was die Mädchen aus ihrer Schulklasse wohl dieses Wochenende unternahmen. Bestimmt fuhren sie nicht jeden Tag quer durchs Land, um in der Arena Ponys zu reiten. Dann sprangen Alice' Gedanken zu dem Jungen in Schwarz. Hatte er sie wirklich angesehen? Sie zog ihre Knie an die Brust und war eingeschlafen, noch bevor der Transporter die Fernstraße erreicht hatte.

Alice' Vater erwartete sie bereits im Hof. Andrew Smalley hatte gar nichts mit Pferden am Hut, war aber sehr entspannt, was die Hingabe seiner Familie zum Turnierreiten betraf, auch wenn das bedeutete, dass er seine Frau und seine Tochter während des Sommers kaum zu Gesicht bekam. Als der Transporter in den Hof fuhr, schraubte er gerade an einer Maschine herum.

Alice bewunderte ihren Dad. Er arbeitete in London, aber sobald er zu Hause war, zog er sich sofort einen Blaumann an. Alice wusste gar nicht genau, was er in London tat, es hatte irgendwas mit Finanzen zu tun, aber er sagte immer, er würde lieber Traktoren reparieren. Ein wenig wie bei mir, dachte sie, ständig muss ich Turniere reiten, obwohl ich viel lieber querfeldein galoppieren möchte!

»Sieht wieder mal nach einem Siegertag aus!« Ihr Vater deutete auf die roten Rosetten und gab Alice einen Kuss auf die Stirn, nachdem sie aus der Fahrzeugkabine gestiegen war.

Alice streckte ihre müden Glieder. Sie hatten immer noch ein paar Stunden Arbeit vor sich, um die Ponys für die Nacht fertigzumachen, und der Transporter musste für den Morgen neu gepackt werden. Fergus, der Pferdepfleger, kam herüber, um zu helfen. Er war Anfang zwanzig und wohnte in einem Apartment über den Ställen. Fergus war wie ein großer Bruder für Alice und so ungefähr die einzige Person, der ihre Mutter hinsichtlich der Ponys vorbehaltlos vertraute, und zwar noch mehr als Alice.

Er fasste jetzt Lachlans Führstrick und folgte Alice und Porridge in den Stall.

»Wie war es denn heute?«, fragte er.

Alice lächelte, nahm dem Shetland das Stallhalfter ab und streichelte es noch einmal, bevor es in seinen Stall lief. »Bin immer Erste geworden.«

Fergus grinste. »Super!«

Er tätschelte Lachlan. Von allen Ponys war das sanfte Highland sein Lieblingspony. Es war von Fergus' verstorbenem Vater oben in Schottland gezüchtet worden. Fergus' Bruder Rory wohnte in der Nähe und führte die berühmte Highland-Zucht seines Vaters weiter.

»Und konntest du dir auch wieder die Ponyparade ansehen?«

Fergus war der Einzige, der wusste, wie sehr Alice die waghalsigen Kunstreiter bewunderte, und der manchmal mit ihr zusammen deren Vorführungen verfolgte.

Alice nickte lächelnd. Sie war immer ein bisschen aufgeregt, wenn sie erfuhr, dass die Ponyparade bei der gleichen Veranstaltung dabei war wie sie selbst. Diese Reiter schienen so unkonventionell und frei, bewegten sich in einer Welt, die so ganz anders war als ihre eigene.

»Du solltest dich eines Tages mal mit ihnen bekannt

machen, du musst ja ihr größter Fan sein!«, meinte Fergus, während er Lachlan abrieb und Alice sich um Porridge kümmerte. Lediglich eine niedrige Wand trennte die Boxen, so konnten die beiden Ponys, die sich gut vertrugen, einander Gesellschaft leisten.

Alice schnitt eine Grimasse. »Auf keinen Fall. Zum Schluss denken sie noch, ich wäre so was wie ein Stalker.«

Fergus grinste. »Tja, das hast du jetzt gesagt …«, zog er sie auf, und als Alice ihn daraufhin mit einer Handvoll Heu bewarf, musste er laut lachen.

Nachdem die Turnierponys versorgt waren, ging Alice zu Silbermond. Er war draußen auf dem Paddock und graste zusammen mit Tudor, einem Dartmoorwallach. Silbermond kam herüber zu Alice und stupste sie mit seiner weichen Nase an.

Alice lächelte bei der Erinnerung daran, wie Georgia Black ihr damals unter Tränen Silbermonds Führstrick gereicht hatte. Auch Alice selbst hatte geweint, denn das war der Moment gewesen, in dem ihr klargeworden war, dass Silbermond wirklich für immer ihr gehören sollte. Sie lehnte sich jetzt gegen ihn und atmete seinen Pferdegeruch ein. Alice liebte dieses Pony so sehr, dass sie angenommen hatte, seine Ausbildung wäre einfach, weil sie beide eine so enge, fast magische Verbindung hatten, genau wie sie es in ihren Pferdebüchern immer gelesen hatte. Aber Silbermond war alles andere als einfach. Obwohl er es zu genießen schien, wenn er geritten wurde, waren seine Fortschritte nicht gleichbleibend, und manchmal hatte Alice das Gefühl, als machten sie einen Schritt vorwärts und zwei zurück!

Mit einem Seufzer fing sie an, Silbermonds Mähne zu flechten. Einen kurzen Moment lang dachte sie an den dunkelhaarigen Jungen auf dem Highlandpony und welches Leben er wohl führte. Bestimmt war es wunderbar. Voller Freiheit und Abenteuer. Es schien unwahrscheinlich, dass ihre Wege sich jemals kreuzen würden.

# 4

Als der Frühling in den Sommer überging, war Alice weiter in dem stets vollen Stundenplan ihrer Mutter eingebunden. Josephine Smalley wollte sich gern auf die jungen Ponys ihrer Kunden konzentrieren und suchte zur Aushilfe nach einem weiteren Turnierreiter. Sie brauchten jemand, der für sie bei den Turnieren reiten und gleichzeitig eine Beziehung zu den Ponys zu Hause im Reitstall aufbauen konnte. Bei den hohen Anforderungen ihrer Mutter war es schwierig, die richtige Person zu finden. In der Zwischenzeit musste Alice die Turniere allein absolvieren.

In ein paar Tagen würde sie Silbermond das erste Mal bei einem Wettbewerb reiten, im Rahmen einer kleinen Pferdeausstellung auf dem Lande. Bevor Alice angefangen hatte, ihn zu reiten, hatte er an einigen Veranstaltungen teilgenommen, wo er an der Hand geführt wurde. Und es schien, als genieße er den Trubel, denn er sah sich mit glänzenden Augen aufmerksam um. Aber mit ihm tatsächlich in die Arena zu gehen war etwas völlig anderes gewesen. Silbermond hatte sich in jeder einzelnen seiner Klassen geweigert zu traben, und manchmal hatte er sich nicht einmal bewegen wollen. Es war, als verschließe er sich in diesem Moment. Alice erinnerte sich noch daran, wie peinlich es ihr gewesen war, wie einmal sogar ein Steward – ein älterer Herr mit Melone – versucht hatte, Silbermond mit dem Wedeln eines Taschentuchs zum Weitergehen zu bewegen. Silbermond hatte nur gegähnt und seine Augen geschlossen, und Alice war Letzte geworden. Sie erinnerte sich auch noch an die Worte des Preisrichters: »Das schönste Pony auf dem ganzen Gelände, aber so ein unartiger Kerl!«

Alice hoffte, dass Silbermond, wenn er jetzt geritten wurde, eine bessere Figur machte, und nachdem Josephine zugesehen hatte, wie sie beide zu Hause in der Arena eine wackelige Runde gedreht hatten, hatte sie Alice mit Silbermond zu einer Anfängerklasse angemeldet. Alice würde auch andere Ponys aus dem Stall reiten, die ebenfalls Anfänger waren. Ihre Mutter würde gleichzeitig bei einem ganz anderen Turnier als Richterin fungieren, deshalb würde Fergus Alice begleiten. Damit stand sie nicht so stark unter Druck und hoffte, sie hätten Spaß.

Ein paar Tage später, am Tag vor dem Wettbewerb, wurde Alice klar, dass sie es vielleicht nicht einmal in die Arena schaffen würden!

»Bitte, Silbermond!«

Alice kraulte das Pony am Widerrist, als es ein unsichtbares Monster anschnaubte und jedes Haar an seinem Körper zu zittern schien. Alice übte ihre Bahnfiguren: durch die ganze Bahn zu wechseln und einen Zirkel im Galopp und an beiden Zügeln zu reiten. Silbermond war wieder einmal störrisch, entweder weigerte er sich zu gehen oder er schrak selbst vor ganz normalen Dingen zurück, wie einem über den Zaun gelegten Mantel. Alice merkte, wie sie immer nervöser wurde.

Alice war die Einzige, die Silbermond einfangen und in den Transporter führen konnte. Ihr folgte er stets überallhin. In dem Moment, in dem sie irgendein Training mit ihm begann, änderte sich das allerdings.

Nervös nahm sie jetzt die Zügel wieder auf und trieb ihn dann leicht an. Wenn sie es schafften, einen schönen Zirkel im Schritt und im Trab zu vollenden, dann wäre das für den Tag schon ausreichend. Silbermond gähnte und verlagerte sein Gewicht auf ein Hinterbein. Er hatte nicht vor, sich zu bewegen. Alice musste sich sehr zusammennehmen, um nicht ihre Fersen in seine Seiten zu bohren. Sie merkte, wie eine inzwischen vertraute Welle der Frustration sie erfasste. Sie hatte so lange darauf gewartet, ihn zu reiten, und geglaubt, sie hätten eine großartige Beziehung zueinander aufgebaut. Er war in einem der besten Reitställe des Landes untergebracht, bei bester Gesundheit, und sowohl sein Sattel als auch sein Zaumzeug saßen perfekt. Er hatte sich immer gut führen lassen. Warum also ging auf einmal alles schief?

»Komm schon!«, sagte Alice durch zusammengebissene Zähne. Andere würden vielleicht eine Gerte nehmen und ihm damit eins überziehen, aber sie wusste, dass dies nur mehr Schaden anrichten würde. Genau in dem Moment, in dem sie am liebsten einen lauten Wutschrei ausgestoßen hätte, drehte Silbermond den Kopf, um sie anzusehen, neckisch zu blinzeln und sanft an ihrem Stiefel zu nagen. Und wieder einmal spürte Alice all die Liebe für ihn in sich aufsteigen. Egal, wie störrisch er war, er rührte immer wieder ihr Herz.

»Komm schon, mein Junge«, sagte sie erneut, diesmal weicher. Silbermond spitzte die Ohren und beschloss ein Stück zu gehen. Nach einem wackeligen Umkreisen des Trainingsplatzes entspannte Alice sich und tätschelte ihn. Es war nicht gerade toll gewesen, aber es war ein Anfang: Sie hatten zumindest einen winzigen Fortschritt erreicht.

Fergus hatte vom Rand der Arena aus zugesehen. »Weißt du«, rief er Alice zu, »wir können ihn einfach mal zum Wettbewerb mitnehmen, damit er Erfahrung sammelt. Du könntest ihn zum Beispiel auf dem Abreitplatz reiten und sehen, wie er sich macht. Er muss ja nicht unbedingt in die Bewertung.«

Alice nickte. Fergus machte immer vernünftige Vorschläge. Sie lächelte ihn zaghaft an. »Okay, das hört sich gut an.«

Sobald Alice das Pony wieder zurück in seinen Stall gebracht hatte, machte sie sich daran, das Zaumzeug zu säubern, fuhr mit der Hand über das nussbraune Leder und atmete den vertrauten, beruhigenden Geruch ein. Die Pflege des Zaumzeugs übernahm Alice von allen Pflichten am liebsten, denn dabei konnte sie in aller Ruhe nachdenken und sich beruhigen. Sie war so in Gedanken, dass sie zusammenzuckte, als Shelley fröhlich summend hereinkam, um einen Stoß Schabracken durchzusehen.

»Hey Al!« Shelley grinste. »Freust du dich schon auf morgen?«

Alice zuckte mit den Schultern. »So halb«, antwortete sie. »Kommt darauf an, ob Silbermond sich benimmt.«

Mehr wollte sie dazu nicht sagen, für den Fall, dass Shelley irgendetwas ihrer Mutter gegenüber erwähnte.

»Du machst das schon!«, erwiderte Shelley unbekümmert und hatte schließlich auch die gesuchte Schabracke gefunden.

»Meinst du?«, antwortete Alice und versuchte, total beiläufig zu klingen.

»Klar.« Shelley war schon auf dem halben Weg aus der Tür und pfiff nach Poppy, damit der Hund ihr folgte. »Du machst dir viel zu viele Gedanken. Versuch einfach,

Silbermond wie eines der anderen Ponys aus unserem Stall zu betrachten. Schließlich ist er ja auch nicht mehr oder weniger.«

Alice dachte darüber nach. Das stimmte schon, aber er war eben auch ihr Pony, ihr besonderes Pony, und sie wollte, dass alle sahen, wie gut sie ihn ausgebildet hatte. Sie wollte, dass einfach alles perfekt war!

# 5

Aus dem Pferdeanhänger kam ein schrilles Wiehern, und Alice spürte, wie der Transporter wackelte, als Fergus an der Ampel losfuhr. Außer Silbermond nahmen sie noch Porridge mit zum Wettbewerb und ein süßes Fellpony namens Archie. Josephine trainierte Archie für eine neue Klientin, eine Frau, die mit einem früheren Fußballspieler verheiratet war. Alice hatte von dem Spieler noch nie gehört, aber Fergus hatte ihr erklärt, dass er früher mal unglaublich berühmt gewesen war. Alice war mehr am Pony der Kundin interessiert. Archie war wunderschön und zeigte großes Potential. Er hat so gute Manieren, verglichen mit Silbermond, dachte Alice seufzend. Silbermond hatte den ganzen Vormittag immer wieder versucht, an Archies Mähne zu kauen!

Auf dem Parkplatz drehten sich alle nach dem riesigen schwarzen Pferdetransporter um, der zwischen den Anhängern kleinerer Reiterhöfe etwas überdimensioniert wirkte. Alice sah sich kurz auf dem Gelände um. Ein paar Ponys wurden bereits an der Hand herumgeführt, aber es sah alles recht bescheiden aus.

Nachdem sie die Ponys entladen hatten, ritt Alice eine Runde auf dem Gelände ohne größere Zwischenfälle. Silbermond reagierte gut, die Ohren aufgestellt, und Alice' Zuversicht wuchs. Sie tätschelte ihn und zeigte Fergus, der gerade noch Archies Schweif kämmte, zwei nach oben gerichtete Daumen.

»Okay?«, antwortete er grinsend.

Alice nickte. »Ich denke schon …«, antwortete sie und versuchte zu lächeln.

»Probier doch einfach mal deine Klasse«, meinte Fergus. »Es sind insgesamt nur drei Bewerber mit dir. Und du musst nicht einmal galoppieren, wenn du nicht willst.«

»Okay«, antwortete Alice und holte tief Luft. Sie nahm Silbermonds Zügel auf, folgte Fergus zur Arena und nahm ihren Platz neben den beiden anderen Mitbewerbern ein. Diese sahen entsetzt drein, als Alice in die Arena ritt, worauf sie die anderen verlegen anlächelte. Sie wusste, Silbermond war ein wunderschönes Pony und sie selbst eine erfahrene Reiterin, aber das war nun mal die Klasse für Ponys, die Anfänger im Wettbewerb waren … und dazu gehörte Silbermond auf jeden Fall!

Doch als sie in der Arena einen Zirkel ritten, runzelte Alice die Stirn. Silbermond fühlte sich ganz anders an. Er hatte die Ohren zurückgelegt, etwas, was er selten tat, und schien gelangweilt, beäugte den Ausgang jedes Mal, wenn sie daran vorbeikamen. Aber er wurde als Erstes aufgerufen, und Alice hatte einen Moment, um ihn zu beruhigen, während die Richter sich miteinander unterhielten.

Alice zog einen Handschuh mit den Zähnen ab und beugte sich nach vorn, damit sie Silbermonds Zaumzeug richten konnte. Doch plötzlich merkte sie, dass der kleine Wallach seine Ohren spitzte.

Fergus bemerkte das Ding zuerst – ein knallblauer Ballon wurde langsam über den Abreiteplatz und in die Arena geweht. Von den wartenden Pferden kam ein Schnauben, und die Augen wurden verdreht, aber sonst nichts. Die beiden Ponys neben Alice sahen dem Luftballon eher desinteressiert nach.

Nicht so Silbermond.

»Alice, dreh ihn!«

Doch Fergus' Warnung kam einen Moment zu spät. Als der Ballon unter einem plötzlichen Windstoß nach oben stieg, wehte er bis kurz vor die Startlinie. Alice wurden die Zügel aus der Hand gerissen, als Silbermond unvermittelt losschoss, bevor er sich drehte und Alice zu Boden warf. Danach galoppierte er geradewegs aus der Arena – ignorierte völlig das panische Armwedeln des Stewards –, durchquerte den Abreiteplatz und scheuchte die aufgeschreckten Ponys nach allen Seiten weg. Wie erstarrt konnte Alice nur vom Boden aus ihrem Pony nachsehen, wie es verschwand. Ein Richter rannte zu ihr, um sich zu vergewissern, dass ihr auch nichts passiert war.

Von der Seite der Arena trat jetzt Fergus in Aktion und weckte damit auch Alice wieder aus ihrer Versteinerung. Ihre linke Hand brannte, wo die Zügel hindurchgerissen worden waren. Die anderen Reiter in ihrer Klasse verfolgten das Geschehen verblüfft. Silbermond mochte wunderschön ausgesehen haben, aber ihre Ponys benahmen sich zumindest!

Alice rief dem schockierten Richter eine Entschuldigung zu und rannte Fergus hinterher, denn ihr wurde klar, dass Silbermond nicht die Absicht hatte, an der Barriere zwischen dem Parkplatz der Pferdetransporter und der Hauptarena stehen zu bleiben. Er verkürzte seinen Galopp, spitzte die Ohren und sprang problemlos über das Absperrseil, danach galoppierte er weiter. Es war klar ersichtlich, dass er sein Abenteuer genoss. Er blieb kurz stehen, um an den Blumen neben dem Teezelt zu naschen, wo die Verantwortlichen für die Ausstellung gerade zu Mittag aßen. Eine Frau rannte heraus und wedelte aufgebracht mit ihrem Hut, da machte sich Silbermond fröhlich wieder aus dem Staub und trabte weiter. Einige Männer versuchten, einen Kreis um ihn zu bilden, doch Silbermond war zu schnell für sie.

»Das ist ja eine Katastrophe!«, fluchte Fergus grimmig, während er mit Alice dem Pony hinterherrannte.

Sie holten Silbermond ein, aber er verwandelte die Jagd in ein Spiel.

Alice merkte, dass ihr die Tränen über die Wangen liefen, eine Mischung aus Schock, Demütigung und Frustration, weil sie nicht in der Lage war, ihr Pony einzufangen. Sie liebte Silbermond mehr als alles auf der Welt, aber in diesem Moment war sie sich nicht sicher, ob sie ihn auch nur das kleinste bisschen mochte! Zu ihrem Entsetzen trottete er nun auf den Eingang der Hauptarena zu, wo das Springreiten eines Ponyclubs stattfand. Ein freilaufendes Pony unter den Springreitern würde völliges Chaos auslösen.

Da trat, wie ein Wunder, ein dunkelhaariger Junge hinter einem der Zelte hervor. Er stieß einen langen, tiefen Pfiff aus und streckte Silbermond seine Hand entgegen. Der Schimmel blieb auf der Stelle stehen und drehte seinen Kopf in Richtung des Jungen. Misstrauisch schnaubte er. Der Junge machte einen Schritt auf ihn zu, und Alice erwartete, dass Silbermond den Kopf zurückwarf und weiterlief, doch stattdessen geschah etwas Erstaunliches. Silbermond tat einen Schritt auf den Jungen zu. Der Junge lächelte und machte noch einen Schritt. Wieder tat Silbermond es ihm nach und senkte den Kopf. Seine Augen funkelten und waren völlig auf den Jungen fixiert. Nach und nach, während Silbermond jeden seiner Schritte nachahmte, kam der Junge näher, bis er Silbermonds schleifende Zügel fassen konnte. Da kam erleichtertes Lachen von der zuschauenden Menge.

Silbermond atmete schwer, und seine Flanken hoben und senkten sich, aber seine Ohren waren gespitzt, und seine Augen funkelten. Mit einem tiefen Schnauben rieb er den Kopf gegen den Jungen, der leise auflachte. Alice schirmte ihre eigenen Augen gegen die Sonne ab und stieß einen kleinen Seufzer aus, als sie den Jungen erkannte. Silbermonds geheimnisvoller Fänger war der dunkelhaarige Reiter von der Ponyparade!

# 6

Der Junge sprach weiter leise mit Silbermond, der ganz ruhig neben ihm stand und das Kinn auf die Schulter des Jungen legte, als ob er ihn bewundere. Alice lief es abwechselnd heiß und kalt über den Rücken, als ihr klar wurde, wie verhängnisvoll Silbermonds Flucht hätte ausgehen können. Er hätte ein Kind umrennen, einen Unfall verursachen oder auf die Straße laufen können.

Sie wischte ihre Tränen und den Schweiß mit dem Handrücken weg und konnte sich nur stammelnd bedanken. Einige aufgebracht aussehende Stewards näherten sich. Fergus ging auf sie zu, um mit ihnen zu reden, und ließ Alice und Silbermond mit dem Jungen allein.

»Auch eine Methode, um Eindruck zu machen«, meinte der Junge und hob die Augenbrauen, während er Silbermonds Zügel an Alice weiterreichte.

Alice wusste nicht, was sie sagen sollte. Sie konnte nur auf seine Hände blicken. Hände, die zupacken können, dachte sie eigenartigerweise. Diese Hände erzählten von vielen Jahren des Reitens und des Ausbesserns von Zäunen oder des Ausmistens. Ihre eigene Hand brannte, und sie nahm vorsichtig Silbermonds Zügel, während sie versuchte, selbstbewusster auszusehen, als sie sich fühlte.

Fergus kam zurück und sah ziemlich gestresst aus. »Alles geklärt, Alice. Ich habe mich entschuldigt und gesagt, dass Silbermond von einem Ballon erschreckt wurde. Ich denke, sie lassen uns so davonkommen.« Er kniff die Augen zusammen und blickte zur Reihe der Pferdetransporter. »Ich muss nach Archie und Porridge sehen«, fuhr er fort. »Komm, bringen wir Silbermond zurück.«

Seufzend versuchte Alice nun, Silbermond zu drehen. Er jedoch lehnte sich an sie und rieb begeistert seinen Kopf an ihr. Es schien, als hätte er nach seinem Abenteuer nicht die Absicht, noch irgendwohin zu gehen. Der Junge bemerkte, dass mit ihrer Hand etwas nicht stimmte, und nahm die Zügel wieder an sich. Alice hielt ihn nicht davon ab.

»Ich helfe ihr«, sagte er zu Fergus, der bereits auf dem Weg zu den anderen beiden Ponys war.

»Danke!«, rief Fergus über die Schulter zurück.

»Ich bin Finn«, stellte sich der Junge vor und drehte sich zu Alice.

Alice nannte leise ihren eigenen Namen, während sie bemerkte, wie dunkel Finns Augen waren und dass sie von den dichtesten und längsten Wimpern umrahmt wurden, die sie je gesehen hatte. Sie merkte, wie ihre Wangen brannten, und ihr wurde entsetzt bewusst, wie sie aussehen musste: Ihr Haar verworren, das Gesicht knallrot und verschwitzt. Aber das Schlimmste für sie war, wie verräterisch Silbermond sich benahm. Finn musste nur mit der Zunge schnalzen, und der Schimmel folgte ihm lammfromm.

»Wie hast du das denn geschafft?« Finn klang amüsiert, als er neben Silbermond lief, eine Hand beiläufig am Hals des Ponys. »Du solltest dein Pony wirklich darauf trainieren, dass es zu dir zurückkommt, weißt du. Du könntest zum Beispiel eine Pfeife benutzen, wie bei einem Schäferhund.«

»Ja, vielen Dank auch. Sehr hilfreich«, erwiderte Alice bissig.

Sie wusste, dass Finn sie nur aufziehen wollte, aber sie merkte, dass sie sich immer mehr in die Enge gedrängt fühlte und wie all ihre Verlegenheit und Demütigung sich in Ärger verwandelten. Ihr fiel einfach keine weitere Antwort ein, und so sah sie ihn stattdessen aufgebracht an und beneidete ihn gleichzeitig um die gleichmütige Art, wie er ihr Pony führte. Silbermond lief ruhig neben Finn her und versuchte nicht einmal zwischendurch, ein Maul voll Gras zu nehmen oder die Ponys anzusehen, an denen sie vorbeikamen. Und noch schlimmer: Selbst als sie an einem Mädchen vorbeikamen, das einen unglaublich großen Strauß Luftballons in der Hand hielt, beachtete Silbermond sie kaum. Typisch!

Finn stieß einen Pfiff aus, als er Josephines Pferdetransporter sah. »Alice im Palace«, reimte er grinsend. »Das nenne ich mal einen Transporter!«

Alice wünschte, sie hätten stattdessen einen kleineren genommen.

Fergus hatte Archie bereits aufgezäumt, und Alice wurde klar, dass sie immer noch Archie in seiner Klasse reiten musste. Ihr entfuhr ein leises Stöhnen. Resigniert stieg sie vorsichtig auf und nahm die Zügel, bevor sie sichtlich zusammenzuckte, als das Pony seine Nase nach vorn streckte. Fergus runzelte die Stirn.

»Es ist meine Hand«, erklärte Alice jämmerlich und drehte ihre Handfläche nach oben, um sie Fergus zu zeigen. Der schnitt eine Grimasse, als er den knallroten Striemen betrachtete. »Die Zügel sind durch meine Hand geratscht, als ich gestürzt bin.«

Archie war an sich sehr brav, aber wenn das junge Pony scheuen sollte, hätte sie einfach nicht die Kraft, es festzuhalten.

»Tja, mit so einer verletzten Hand kannst du nicht reiten«, meinte Finn nachdenklich. »Soll ich das übernehmen?«

Verblüfft drehte Fergus sich zu ihm. »Wirklich? Bist

du denn schon einmal bei einem solchen Wettbewerb geritten?«

»Nein«, sagte Finn leichthin, während er näher zu Archie trat und das hübsche Pony tätschelte. »Aber wie schwer kann das denn schon sein?« Er drehte sich mit einem kleinen Lächeln zu Alice. »Und außerdem hast du mich ja schon oft genug reiten gesehen.«

Alice war das unglaublich peinlich. Er hatte sie also tatsächlich unter den Zuschauern bemerkt.

Sie holte tief Luft und drehte sich zu Fergus. »Er ist einer von der Ponyparade. Und er ist gut, wirklich gut.« Verlegen bemerkte sie, dass Finn sie genau beobachtete.

Erkenntnis machte sich auf Fergus' Gesicht breit. »Ja, natürlich«, sagte er langsam. »Alice sieht sich eure Vorführung so ziemlich bei jeder Veranstaltung an, bei der wir auch sind.«

»Fergus!«, stöhnte Alice. Ehrlich, er war ja manchmal noch schlimmer als ein großer Bruder.

Finn grinste. »Ich weiß«, sagte er und sah sehr selbstzufrieden aus. »Also, was sagst du?«, fragte er Fergus.

Alice sah Fergus erwartungsvoll an und wünschte, er würde ja sagen. Sie konnten natürlich auch nach Hause fahren, ohne dass Archie in seiner Klasse geritten worden wäre, aber seine Eigentümerin wäre bestimmt sehr enttäuscht. Alice wusste, dass ihre Mutter Fergus so weit vertraute, dass er eigene Entscheidungen treffen durfte.

Manchmal mussten sie an Turniertagen zusätzliche Reiter einsetzen – das war doch heute letztlich auch nichts anderes, oder?

Fergus zögerte. »Archie müsste tatsächlich geritten werden. Ich sag dir was: Du reitest ihn auf dem Abreiteplatz, und wenn ihr miteinander klarkommt, kannst du ihn auch vorführen. Es ist ein wenig anders, als das, was … ähm du normalerweise machst.«

»Wir kommen schon zurecht«, erwiderte Finn mit einem Hauch Arroganz. »Meine Reithose und die Stiefel kann ich ja anlassen, aber habt ihr noch eine Jacke und was ich sonst noch brauche?«

»Im Transporter ist ein Jackett, eine Krawatte und ein Helm«, meldete Alice sich zu Wort.

Sie war sich nicht ganz sicher, wie sie Finn einschätzen sollte, aber sie musste zugeben, dass sie gespannt war zu sehen, wie Archie auf ihn reagierte. Sie hatte noch nie erlebt, dass Silbermond auf irgendjemand so reagierte wie vorhin bei Finn. Deshalb wollte sie unbedingt wissen, was ihn so besonders machte.

Finn zog jetzt das Jackett aus der Garderobe des Transporters an.

»Ein wenig anders als mein normales Outfit«, sagte er mit einem Stirnrunzeln. »Wird es nicht manchmal unbequem, dieses ganze Zeug zu tragen?«

»Ein bisschen vielleicht schon.« Alice fiel keine bessere Antwort ein. Finn schien eine merkwürdige Wirkung auf sie zu haben. Plötzlich wurde ihr ganzer Verstand so matschig.

Mühelos schwang sich Finn nun in Archies Sattel und konnte das noch unerfahrene Pony sofort beruhigen, als er gelassen mit ihm auf dem Abreiteplatz die Runde drehte. Fergus entspannte sich sichtlich, als er sah, dass Finn ruhig und mit leichter Hand im Sattel saß. Alice spürte beim Zusehen einen gewissen Neid in sich aufsteigen. Sie hatte sich selbst immer für eine gute Reiterin gehalten. Doch jetzt fragte sie sich, ob sie das wirklich war, denn sie hatte ja stets nur gutausgebildete Ponys. Silbermond war eine ganz andere Herausforderung. Sie liebte ihn über alles, aber was, wenn sie einfach nicht gut genug war, um ihn auszubilden?

So beeindruckt Alice und Fergus von Finns Reitkunst beim Aufwärmen gewesen waren – seine Darbietung in der Arena war noch viel besser. Die Klasse war ruhig, aber es herrschte Spannung zwischen einigen der Ponys. Finn redete leise mit Archie und lenkte ihn von den anderen weg, so dass er ganz entspannt blieb.

»Was für ein ausgezeichneter Reiter.« Fergus beobachtete Ross und Reiter aus zusammengekniffenen Augen ganz genau. »Ich frage mich …«

»Was denn?« Alice blickte Fergus an, der nachdenklich dreinsah.

»Ach nichts. Hab nur laut überlegt.«

Archie trabte und galoppierte gehorsam auf Finns leichte Hilfen hin, die Ohren aufgestellt, ein perfektes Bild der Harmonie zwischen Pferd und Reiter.

Alice streichelte beim Zusehen Silbermonds Nasenrücken, und er senkte glücklich den Kopf. »So werden du und ich auch bald reiten, mein Süßer«, flüsterte sie. »Das hoffe ich jedenfalls.«

Mit einem Stirnrunzeln wurde ihr jedoch klar, dass sie da nicht mehr so sicher sein konnte.

# 7

Niemand war überrascht, dass Finn und Archie den ersten Platz belegten. Archie sah so stolz aus, dass alle um Fergus und Alice herum schmunzeln mussten. Alice hörte, wie Fergus einen erleichterten Seufzer ausstieß.

Finn schwang sich mit einem Grinsen vom Pony und reichte die Zügel wieder Fergus. Danach legte er auch die geborgten Kleidungsstücke ab. »Ich sagte doch, dass wir beide klarkommen«, erklärte er und tätschelte Archie noch einmal. Mit einem amüsierten Lächeln drehte er sich zu Alice und Silbermond. »Du hältst dein Pony das nächste Mal vielleicht lieber fest. Ich kann nicht garantieren, dass ich immer zur Stelle sein werde, um es einzufangen!«

Alice sah Finn mit funkelnden Augen an. »Das wird mir bestimmt nicht noch einmal passieren«, sagte sie hitzig. »Was bist du denn überhaupt, so eine Art Pferdeflüsterer?«

Finn lachte. »Vielleicht!« Er ging davon und winkte noch einmal fröhlich. »Ach ja, Alice im Palace, vielleicht siehst du dir mal die Rückseite deiner Reithose an.«

Aufgebracht drehte Alice sich nach dem Hinterteil

ihrer cremefarbenen Hose um. Es waren lauter braune Flecken darauf. Sie musste in einem Haufen Pferdeäpfel gelandet sein, als Silbermond sie abgeworfen hatte. Kein Wunder, dass die Landung so weich gewesen war. Alice stöhnte auf, so peinlich war ihr das, und vergrub ihr Gesicht an Silbermonds Hals. Als sie wieder aufblickte, war Finn verschwunden.

Während der nächsten Wochen versuchte Alice, Finn zu vergessen, und ging absichtlich nicht zu seiner Vorführung, als sie bei der nächsten Veranstaltung die Gelegenheit dazu gehabt hätte.

Außerdem hatte sie Fergus gebeten, ihrer Mutter nichts von Silbermonds Eskapaden zu erzählen, und Fergus war einverstanden gewesen, unter der Bedingung, dass Alice vor Silbermonds nächstem Wettbewerb noch gut mit ihm arbeitete. Und so setzte Alice ihre Versuche fort, Silbermond auszubilden, aber insgeheim stellte sie sich vor, wie sie ohne Sattel mit ihm über eine Wiese galoppierte und über gefallene Baumstämme sprang.

Es war eine Seltenheit: Ein Sonntag ohne ein Turnier im Terminkalender. Alice' Eltern waren zu einem Mittagessen mit anderen Preisrichtern eingeladen. Es war Fergus' freier Tag, und alle Turnierponys durften sich an diesem Tag auf den Koppeln erholen. Alice hatte vor, mit

Silbermond zu der oberen Koppel zu reiten, vielleicht sogar dort über ein paar niedrige Hindernisse zu springen. Dann konnte sie den restlichen Nachmittag einfach nur faul mit ihrem Pony verbringen.

Leider hatte ihre Mutter andere Vorstellungen.

»Ich lasse dich nicht alleine hier«, sagte sie entschieden.

»Ach Mum, ich komme schon klar, bitte?«, bat Alice.

»Nein«, entgegnete ihre Mutter in einem Ton, der bereits andeutete, dass kein Widerspruch geduldet wurde. »Ich habe Fergus gefragt, ob du ihn vielleicht begleiten kannst, wenn er für seinen Bruder ein Pony ausliefert.«

Alice scharrte unzufrieden mit den Füßen. Na toll. Jetzt hatte sie mal einen Tag frei vom Turnierreiten und würde trotzdem den ganzen Nachmittag im Pferdetransporter verbringen.

»Alles okay?«, fragte Fergus mit einem Blick zu Alice, als er aus der Einfahrt von Park Farm herausfuhr. Sie nickte und zog einen Halm aus ihrem Haar, nachdem sie gerade noch die Heunetze für den Abend vorbereitet hatte.

Es dauerte nicht lang und sie erreichten den Hof von Fergus' Bruder. Schnell hatten sie die hübsche mausgraue Stute eingeladen. Zu Alices Erleichterung war die weitere Fahrt zum neuen Zuhause des Ponys kurz. Wenn Fergus nicht so lange brauchte, konnte sie es vielleicht sogar noch schaffen, weiter mit Silbermond zu arbeiten.

Als sie sich Rookham Manor näherten, dem neuen Zuhause des Ponys, riss Alice die Augen auf. Am Ende der Einfahrt befand sich ein wirklich beeindruckendes altes Herrenhaus, auch wenn es ein wenig vernachlässigt wirkte. Die Ponys waren in den Ställen neben einem alten Übungsgelände ganz in der Nähe untergebracht. Die Luft war still, unterbrochen nur vom entfernen Summen von Bienen in den umliegenden Wiesen.

»Hm. Ich hatte gedacht, dass uns jemand hier erwartet. Al, würde es dir was ausmachen nachzusehen, ob du jemanden finden kannst, und ich kümmere mich solange um die Stute?«

»Klar.« Alice sprang vom Beifahrersitz, froh, dass sie am Morgen Shorts angezogen hatte. Es war ein unglaublich heißer Tag, und das Herrenhaus waberte in der heißen Luft vor ihr wie eine Fata Morgana.

»Hallo?«

Alices Stimme hallte in dem leeren Hof, während einige Ponys ihr mit mildem Interesse aus der Kühle des Stalls heraus entgegensahen. Plötzlich dämmerte es Alice, dass sie die Ponys kannte. Das Highland, der Apfelschimmel, die beiden Dales … Es konnte nicht sein, oder? Sie hielt den Atem an und spähte in die Düsternis des Stalls.

»Wir schulden euch gar nichts!«

Alice erschrak, machte noch ein paar Schritte und spähte mit zusammengekniffenen Augen in die Dunkelheit.

»Mein Name ist Alice, Alice Smalley«, rief sie und sah sich nervös um. Das hier war wirklich komisch. »Ich bin mit Fergus hier. Wir haben ein Pony für euch?«

Aus einer Ecke kam ein dunkelhaariger Junge und sah sie aufgebracht an. Es war Finn. Alice merkte, wie ihre Wangen sich röteten.

»Hi … Finn«, sagte sie und versuchte, cool zu klingen. »Wir haben euer neues Pony …«

Sie spürte, wie die Worte auf ihren Lippen erstarben, als Finn sie so wütend anstarrte, dass sie zurückwich. Zum Glück stand Fergus inzwischen hinter ihr. Bei ihm war eine junge Frau – die Blondine, die immer den großen Apfelschimmel ritt. Alice hatte das Gefühl, als träfe sie auf einen berühmten Popstar!

»Finn, das ist das neue Pony, von dem ich dir erzählt habe. Marcus sagte, wir brauchen …«, begann die Frau, aber Finn schnitt ihr das Wort ab.

»Marcus sagt immer irgendwas«, fuhr er sie an und verließ den Stall, ohne noch einmal zurückzublicken, während die Frau ihm nachsah.

Sie seufzte. »Entschuldigt bitte. Finn ist immer über irgendetwas sauer. Das ist bei den jungen Kerlen wohl so.«

Das Mädchen gab Alice die Hand und lächelte. Sie musste ungefähr Anfang zwanzig sein und war sehr hübsch. »Ich bin Sasha«, stellte sie sich vor. Sie trug ein schwarzes T-Shirt und Cowboystiefel, und ihr blondes Haar war zerzaust und obendrein mit Blumen geschmückt. »Sollen wir mein neues Mädchen in ihr neues Zuhause bringen?«

Alice vertrat sich im Hof die Beine, während Sasha und Fergus das Highland ausluden und den Papierkram erledigten. Finn war nirgends zu sehen. Es war unangenehm genug, ihm bei der Pferdeausstellung so unvermittelt zu begegnen, aber ihm jetzt über den Weg zu laufen, wenn es offensichtlich zwischen ihm und Sasha Streit gab, fühlte sich gar nicht gut an.

Alice' Zuversicht sank, als Fergus ein paar Minuten später zu ihr kam und gestresst aussah. »Tut mir leid, Al, das ist wieder mal typisch mein Glück«, sagte er genervt. »Der Wagen springt einfach nicht an. Ich habe schon den Pannendienst verständigt, aber es könnte sein, dass wir noch ein bisschen hier festsitzen.«

Alice stöhnte. Ihr Traum von einem ruhigen Nachmittag mit Silbermond zerplatzte wohl endgültig. Aber wenn Finn verschwunden war, konnte sie ja die Gelegenheit nutzen, um sich zumindest die Ponys einmal näher anzusehen. Schließlich bewunderte sie ihre Vorführungen schon seit langem!

»Nein, was für ein Jammer!« Sasha tauchte an Fergus' Seite auf und klang alles andere als bedauernd, als sie den Pferdepfleger anstrahlte. »Fergus, könntest du mir dann vielleicht mal kurz dabei helfen, das neue Pony abzumessen? Ich möchte sehen, welche Kostüme wir brauchen oder ob wir irgendetwas haben, was passt.«

»Klar!«

Fergus schien ganz erfreut, ihr helfen zu dürfen, und Alice musste lächeln. Zumindest hatte einer von ihnen beiden Spaß!

Alleingelassen wanderte Alice über den gemütlichen Hof und begrüßte die Ponys, wobei sie irgendwie beinahe hoffte, Finn vielleicht zufällig noch mal über den Weg zu laufen. Sie tätschelte das niedliche Paar Dalesponys, den Fuchs und den herrlichen Apfelschimmel, den Sasha normalerweise ritt. Er sah aus wie ein Irisches Kaltblut und war richtig groß, bestimmt über eins siebzig. Die Ställe selbst sahen aus, als bräuchten sie dringend eine Reparatur, und die ganze Reitanlage hatte auch schon mal bessere Zeiten gesehen – wie ein gealterter Kinostar. Aber Alice musste zugeben, dass sie trotzdem begeistert war. Es war so anders hier, so romantisch – weder Solarium noch Manege waren zu sehen, nur herrliche alte Gebäude, Blumenwiesen und wunderschöne Ponys. Sie liebte diese Anlage.

»Hallo, mein Schöner.« Alice blieb vor dem schneeweißen Highland stehen, das Finn immer ritt. Das Pony schnupperte an ihrer Hand, sein samtenes Maul war ein Kontrast zu seinen borstigen Tasthaaren, und sie lachte, als er in ihren Taschen nach Leckereien suchte.

»Wie geht es dir, mein Süßer?«, plauderte sie mit dem freundlichen Pony und fuhr die Buchstaben auf seinem Namensschild an der Stalltür nach. »Horatio«, sagte sie lächelnd. »Ein schöner Name für ein so schönes Pony.«

Auf einmal schrak sie zusammen, als Finn von der anderen Seite des Stalles kam, wo er anscheinend Satteldecken sortiert hatte. Er hatte eine Art, sie unverhohlen anzuschauen, die sie sehr nervös machte, so dass sie als Erste wegsah.

»Redest du immer mit dir selbst?«, fragte er, aber seinen Mund umspielte ein ganz leises Lächeln.

Alice versuchte, sich eine kluge Antwort auszudenken, doch es gelang ihr nicht. »Dann magst du also Highlands?«, sagte sie schließlich und hätte sich dafür beinahe selbst geohrfeigt. Was für eine idiotische Bemerkung!

Finn hob eine Augenbraue. »Ich mag alle Ponys.«

Als Alice ihn dann fragte, was seine Pläne mit der neuen Stute waren, verzog er wieder aufgebracht das Gesicht.

»Tja, erst mal müssen wir genug Geld auftreiben, um sie überhaupt unterhalten zu können«, zischte Finn mit funkelnden Augen. »Aber das stört Marcus ja nicht.«

Alice musste verwirrt dreingesehen haben, und Finn seufzte. »Sasha ist meine Schwester«, erklärte er, »und Marcus ist ihr Freund. Er reitet unseren Fuchs. Er ist im letzten Jahr zu uns gestoßen, aber er ist nichts als …«

Mit einem Mal wurde er durch die Ankunft von Sasha und Fergus unterbrochen. Jetzt konnte Alice auch sehen, dass Finn und Sasha sich ähnlich sahen, beide hatten die gleichen hohen Wangenknochen und lange Wimpern, auch wenn Sashas Haar hell und das von Finn dunkel war. Finns Laune schien sich beim Anblick seiner Schwester noch zu verschlechtern. Er achtete nicht auf Fergus und Alice, sondern begann sofort, mit ihr zu diskutieren.

»Warum hast du denn die Stute gekauft?«, zischte er. »Du weißt doch, dass wir sie uns gar nicht leisten können.«

Sasha war das deutlich unangenehm, und sie versuchte, die Situation zu entschärfen. »Das stimmt doch nicht, Finn«, zischte sie ebenfalls, und ihre Wangen liefen rot an. »Wirklich, so ist es nicht«, versicherte sie zu Fergus gewandt. »Wir können sie uns leisten.«

Fergus hob die Hände und zuckte mit den Schultern. »Natürlich«, sagte er. »Rory würde kein Pony ohne einen gedeckten Scheck verkaufen.«

Finn stapfte davon und murrte etwas Unverständliches vor sich hin. Auch wenn Alice sich nicht ganz sicher war, meinte sie, sie hätte die Worte »glaubt aber auch alles« und »naiv« gehört und etwas in der Richtung, dass noch die Rechnungen für das Winterfutter bezahlt werden müssten. Sasha ignorierte ihren jüngeren Bruder, und bald waren sie und Fergus wieder in eine Unterhaltung vertieft, und Finn war verschwunden.

# 8

Alice war sich nicht sicher, warum, aber irgendetwas bewegte sie dazu, sich unauffällig von den anderen zu entfernen und Finn zu suchen. Er lehnte am Zaun des Paddocks und warf einen Tennisball für einen Hund.

Alice setzte sich neben ihn, während er weiter den Ball warf, ohne sie anzusehen. Schweigend saßen sie ein paar Minuten da, die Sonne wärmte Alice' Gesicht, bevor Finn etwas sagte.

»Es ist eine wirklich schöne Stute«, sagte er mit tonloser Stimme. »Du meinst wahrscheinlich, sie gehört in eine Turnierarena, oder? Dort könnte sie langweilige Kreise drehen.«

»Nein.« Alice tätschelte den Hund, als er den Ball zurückgebracht hatte. Das mochte vielleicht das sein, was ihre Mutter denken würde, aber nicht sie. »Warum hat deine Schwester das Pony denn gekauft?«, fragte sie.

»Weil Marcus es ihr gesagt hat«, erwiderte Finn grimmig. »Seit er zu uns gestoßen ist, läuft alles schief. Zuerst dachte ich, er wäre in Ordnung. Ich meine, er kann schließlich ganz gut reiten. Aber …«, er sah sich um, als er das sagte, als wolle er sich vergewissern, dass niemand zuhörte, »…ich glaube nicht, dass er wirklich am Team interessiert ist. Abgesehen davon, was er herausholen kann.«

»Was meinst du damit?«

Finn sah düster drein. »Ich habe mal ein Telefongespräch mit angehört, und da sagte er, das Team sei Zeitverschwendung und dass Sasha jede Menge Kohle hätte, was überhaupt nicht stimmt.« Er blickte zu Alice. »Er hat irgendwas vor. Aber Sash glaubt mir nicht. Er tauchte bei uns auf, und sie war hin und weg, und jetzt denkt sie, er wäre die Antwort auf all unsere Probleme.«

Er sah sich um, hinüber zu dem reparaturbedürftigen Stall und den mit Wildblumen übersäten Wiesen. »Wenn er denkt, er kann sich hier was unter den Nagel reißen, hat er sich gewaltig geirrt«, sagte Finn durch zusammengebissene Zähne.

»Also wohnst du mit deiner Schwester hier?«, fragte Alice. Sasha war offensichtlich älter als Finn, aber sie schien trotzdem ziemlich jung, um die Verantwortung für so ein großes Haus und einen Reitstall zu tragen. Finn nickte.

»Nur ihr beide?« Alice konnte nicht anders, als nachzufragen. »Was ist denn mit euren Eltern?«, fügte sie hinzu.

Finn verzog das Gesicht. »Na ja, unsere Mutter ist gestorben«, antwortete er kurz, und Alice schlug die Hand vor den Mund.

»Ach Finn, es tut mir wirklich leid, ich wollte nicht …«

Bevor sie weiterreden konnte, hob Finn die Hand, und sein Gesichtsausdruck wurde sanfter. »Ist schon in Ordnung, woher solltest du das denn wissen? Du kennst mich ja nicht.« Er blickte sie an, als er das sagte.

»Und was ist mit eurem Vater?«, fragte Alice vorsichtig.

»Dad ist Pferdetrainer«, erklärte Finn. »Bei ihm dreht sich alles um natürliches Reiten und so weiter. Nicht dein Ding, vermute ich mal«, fügte er leicht herablassend hinzu.

Alice runzelte die Stirn. »Woher willst du das wissen? Du kennst mich ja auch nicht.«

Das rief bei Finn nun doch ein kleines Lächeln hervor. »Stimmt, da hast du mich erwischt! Tja, Dads Spezialität sind Problempferde. Die Art von Pferden, die auf keinen sonst hören; er kann anscheinend einfach irgendwie mit ihnen kommunizieren. Horatio war überhaupt nicht zu reiten, als wir ihn damals bekamen. Er warf seinen Besitzer ständig ab und sollte eigentlich getötet werden, weil man ihn für gefährlich hielt. Dad hat es geschafft, sein Vertrauen zu gewinnen und ihn zu verändern. Horatio brauchte nur jemand, der ihm zuhörte.«

Alice war fasziniert. Sie konnte nicht anders, als sich

zu fragen, was Finns Vater wohl zu Silbermond sagen würde.

»Wir haben als Kinder all die normalen Ponysachen gemacht, unsere Mutter hat uns zu Reitclubs mitgenommen und zu Turnieren, das Übliche eben«, fuhr Finn fort. »Aber als Dad irgendwann nach Spanien reiste, um dort zu unterrichten, ist er ein paar Stuntreitern begegnet und hat uns alles darüber erzählt. Von da an waren wir alle total davon begeistert. Wir haben sowieso nie richtig in einen Reitclub gepasst«, fügte er mit einem kleinen Lachen hinzu.

Alice hörte genau zu, als Finn erklärte, wie seine Eltern das Team zusammengestellt hatten und ihr großes Wissen über Pferde dafür einsetzten, die Ponys zu trainieren.

»Es begann alles mit nichts weiter als einem Zaumzeug, später dann lediglich mit einem Strick.« Finns Augen funkelten, als er davon erzählte, und wieder fiel Alice auf, wie gut er aussah. »Man muss die Ponys dazu bekommen, einem wirklich zu vertrauen. Es ist schwer zu erklären. Dad scheint Pferde einfach um bestimmte Dinge zu bitten, und sie verstehen ihn.« Er lächelte und machte eine Pause, sein Gesichtsausdruck zeigte, dass er gerade in Gedanken ganz weit weg war, und Alice fragte sich, woran er wohl dachte.«

»Du und Sasha, ihr seid beide so unglaublich gute Reiter«, sagte Alice und dachte an all die Male, bei denen sie ihnen zugesehen hatte.

»Es gibt nicht Besseres als das Gefühl, wenn du zum ersten Mal auf dem Rücken deines Ponys stehst«, sagte Finn, und sein Lächeln vertiefte sich. »Und sobald wir uns mehr trauten, brachten wir uns selbst andere Kunststücke bei. Die Ponyparade hatte gerade ihren Durchbruch, als unsere Mutter starb …« Er geriet ins Stocken. »Deshalb ist es uns so wichtig, damit weiterzumachen.«

»Wo ist euer Vater denn jetzt?« Alice war sich bewusst, dass sie viele persönliche Fragen stellte, aber sie konnte einfach nicht anders.

Finn blickte zur Seite. »Nicht lange nach der Beerdigung ist er fortgegangen«, antwortete er schließlich und bemühte sich, ganz ruhig weiterzusprechen. »Er konnte nicht dafür sorgen, dass es unserer Mutter besserging. Aber er kann dafür sorgen, dass es Pferden bessergeht.«

Alice merkte, dass ihr Tränen in den Augen standen.

Finn erzählte, dass sein Vater schon alle möglichen Jobs gehabt hatte, auf Ranches in Montana, auf Polofarmen in Argentinien und bei Pferdesafaris in Kenia. Jeden Monat schickte er ihnen Geld.

»Was, genug Geld für dieses riesige Haus und den Reitstall?«, fragte Alice überrascht.

»Zum Glück ist das Haus nicht mit einem Kredit

belastet, sonst würden wir es bestimmt nicht schaffen«, sagte Finn. »Das Haus wird einmal uns gehören, wenn wir älter sind, aber der Reitstall gehört Sasha bereits. Als unsere Großmutter vor ein paar Jahren starb, sind wir aus dem Norden hierhergezogen und haben alles übernommen. Aber selbst mit Dads Geld und dem Geld, das wir bei den Vorführungen verdienen, haben wir gerade genug, um die Pferde zu versorgen.« Finn stieß einen resignierten Seufzer aus. »Sash hat große Pläne für die Ponyparade, aber wir müssen die Kostüme ersetzen, und auch das Sattel- und Zaumzeug ist uralt und fällt schon halb auseinander.«

Alice hatte noch nie in ihrem Leben so etwas wie Finns Geschichte gehört. Sie konnte nicht fassen, dass sein Vater einfach so fortgegangen war, um Pferde auf der ganzen Welt auszubilden. Und jetzt reisten Finn und Sasha für ihre Vorführungen quer durchs ganze Land und wohnten ganz allein in diesem tollen Haus. Es war eine völlig neue Welt!

»Kommt euer Vater denn irgendwann zurück?«, fragte sie, absolut fasziniert von Finns Geschichte.

»Ich weiß nicht, wann er zurückkommt«, antwortete Finn und zupfte an den Grashalmen. »Er musste einfach weg. Der Tod unserer Mutter hat ihn schwer getroffen. Es war echt hart für uns alle. Aber wir kommen schon klar, Sasha und ich.«

»Aber ihr seid beide so jung«, sagte Alice. Sie konnte nicht anders.

Finn schnaubte und kniff die Augen zusammen. »Ich bin vierzehn, so jung ist das auch nicht mehr. Du brauchst kein Mitleid mit mir zu haben.«

»Alice!« Ein Pfiff ließ sie zusammenzucken. Es war Fergus, der ihr vom Hof aus zuwinkte. »Der Transporter fährt wieder«, rief er und bedeutete ihr, zu ihm zu kommen.

Widerstrebend stand Alice auf. »Viel Glück mit eurem neuen Pony«, sagte sie. Was hätte sie auch sonst sagen sollen?

»Danke. Wir sehen uns sicher wieder. Und dir auch viel Glück mit Silbermond.«

Finn war bereits aufgestanden und ging zurück zu den Ställen. Alice sah ihm nach, wie er mit hoch erhobenem Kopf davonging, den Hund an seiner Seite.

Als Alice und Fergus kurz darauf die langgezogene Einfahrt hinunterfuhren, blinzelte Alice gegen die späte Nachmittagssonne und entdeckte ein Pony und einen Reiter auf einer der Wiesen. Finn und Horatio! Das Pony hatte weder Sattel noch Zaumzeug, und doch galoppierte es in einem perfekten Zirkel. Finns Hände lagen in der Mähne des Ponys. Alice konnte den Blick nicht von ihm wenden.

Fergus fuhr etwas langsamer und hielt die Hand an die

Stirn, um die Augen gegen die Sonne abzuschirmen. Anerkennend stieß er einen langen Pfiff aus. »Dieser Junge kann jedenfalls reiten«, stellte er fest. »Alice, ich hab da so eine Idee …«

# 9

Als Alice ein paar Tage danach gerade von der Schule gekommen war, rief ihre Mutter sie zu sich in den Hof. Sie trug Jeans und eine ausgeblichene rosa Bluse. So mochte Alice ihre Mutter am liebsten – ganz entspannt mit den Pferden und mit Poppy, dem Hund.

»Was ist denn, Mum?«, fragte sie neugierig. Ihre Mutter sah ungewöhnlich zufrieden aus.

»Ich denke, Fergus hat unseren neuen Turnierreiter gefunden!«, erklärte ihre Mutter, und Alice merkte, wie ihr ganz flau im Magen wurde. Plötzlich wusste sie ganz genau, was ihre Mutter gleich verkünden würde.

»Der Junge, der Archie geritten hat, als deine Klassen sich bei der Ausstellung überlappten.«

Alice war verblüfft. Sie hatte ganz vergessen, Fergus zu fragen, wie er erklärt hatte, dass Archie von Finn geritten worden war!

»Fergus hat mir berichtet, dass er ganz außergewöhnlich gut war«, fuhr Josephine fort »Und dann habe ich gehört, dass er auch derjenige war, an dessen Hof das Pony geliefert wurde. Natürlich habe ich weitere Erkundigungen eingeholt und erfahren, dass er für etwas reitet, was Ponyparade heißt. Ist das diese alberne Vorführung, die du dir vor ein paar Wochen angesehen hast?« Ihre Mutter verzog bei dieser Frage amüsiert das Gesicht. »Jedenfalls möchte ich diesem Jungen, er heißt Finn Cutler, anbieten, für uns zu reiten. Ich habe bislang niemanden anders gefunden, und es hört sich so an, als könnte er auch in einer anständigen Reitdisziplin recht gut abschneiden!«

Alice verzog das Gesicht. Ihre Mutter konnte manchmal ziemlich direkt sein.

»Fergus hat mir die Nummer der Leute gegeben, und Finn war mit einem Proberitt einverstanden«, sagte Josephine, mit einem Blick auf ihre Uhr. »Er müsste eigentlich jeden Augenblick hier sein.«

»Was?« Alice schlug entsetzt die Hände vor den Mund. Da hatte sie ja keine Zeit mehr, ihre verhasste Schuluniform auszuziehen: einen braunen knielangen Rock und dazugehörigen Blazer. Sofort ärgerte sie sich über sich selbst, dass ihr das etwas ausmachte, aber sie hatte leider nun mal nicht aufhören können, an Finn zu denken.

Und da war auch schon ein Surren zu hören, als die Tore sich öffneten und ein verbeulter Land Rover hereinfuhr. Sasha saß hinter dem Steuer, auf ihrem langen blonden Haar hatte sie einen sehr merkwürdigen Kopfschmuck, und Finn saß auf dem Beifahrersitz. Als er ausstieg, erkannte Alice, dass auch er noch seine Schuluniform trug, ein blaues Poloshirt, aber bei ihm sah das irgendwie cool aus. Er lächelte sie an.

Ihrer Mutter blieb der Mund offen stehen, als Sasha ausstieg. Nicht nur, dass sie ein paillettenbesticktes Haarband trug, das mit langen Federn verziert war, außerdem war auch noch ihr Gesicht mit Glitter übersät.

»Hallo!«, grüßte Sasha lässig, ihre Cowboystiefel klackerten auf dem Kopfsteinpflaster, und sie streckte mit einem strahlenden Lächeln die Hand aus, um Josephine zu begrüßen. »Oh! Achten Sie bitte nicht auf meinen Aufzug, ich habe gerade noch an neuen Kostümen gearbeitet und hatte nicht mehr die Zeit, mich umzuziehen.«

»Verstehe«, sagte Alice' Mutter schwach. Sie sah mit kaum verhohlenem Entsetzen auf den Glitter, der von Sasha auf den Ärmel ihrer eigenen Bluse regnete. Dann drehte sie sich entschlossen zu Finn. »Hallo«, begrüßte sie ihn. »Fergus hat dich empfohlen. Ich muss sagen, ich war ein wenig im Zweifel. Was ihr macht, ist sehr … außergewöhnlich.«

Alice wäre am liebsten im Boden versunken.

»Tja, stimmt. Wir traben nicht einfach nur im Kreis herum«, erwiderte Sasha, die anscheinend meinte, sich verteidigen zu müssen. »Und mein Bruder kann wirklich gut reiten.«

»Natürlich«, antwortete Alice' Mutter steif. »Ich vermute, es wird am besten sein, wenn wir dich einfach im Sattel sehen können«, sagte sie zu Finn gewandt.

Sie war ungewöhnlich still, als sie später Finn zusah, wie er in der Arena Archie ritt. Er wechselte unfassbar elegant aus dem Zirkel, bei unglaublich ruhiger, leichter Hand. Finn ließ das schwarze Pony richtiggehend tanzen, und Alice war völlig fasziniert.

»Sehr schön«, sagte Josephine mit einem Nicken, als Finn seine Runde beendet hatte, und übernahm wieder Archies Zügel. Jegliches Lob war sehr selten, also wusste Alice, dass ihre Mutter beeindruckt war. »Wann kannst du anfangen?«

Finn zuckte mit den Schultern. »Wann ich soll«, antwortete er.

Ihre Mutter nickte und drehte sich zu Sasha. »Tja, wie wäre es dann mit ein paar Stunden nach der Schule ein- bis zweimal die Woche und dann die Turniere am Wochenende? Was das Hin- und Herfahren betrifft, können wir sicher etwas verabreden.«

Sasha nickte und lächelte. »Gern«, sagte sie. »Finn kennt die Figuren der Ponyparade in- und auswendig, also muss er dafür nicht mehr viel üben, auch wenn er sich natürlich noch mit mir um unsere Pferde kümmern muss. Ich gebe Ihnen dann noch die genauen Termine, wann wir Vorführungen haben, auch wenn es im Augenblick nicht so viele sind …« Sie brach ab und sah einen Moment lang leicht besorgt aus. Dann drehte sie sich zu ihrem Bruder. »Jedenfalls denke ich, es wäre für dich auch gut, einen zusätzlichen Schwerpunkt zu haben. Was sagst du?«

Finn zuckte wieder mit den Schultern. »Ja, klingt gut.«

Josephine blätterte in ihrem Kalender. »Also gut, ich rufe dann morgen an. Wir müssen einfach jede Woche unseren Terminplan abstimmen, und ich bezahle dich pro Stunde, ist das in Ordnung?«

Finn nickte, und sie besiegelten alles mit einem Handschlag.

Alice befand sich gerade auf einer Achterbahn der Gefühle. Sie würde Finn jetzt regelmäßig sehen. Es fiel ihr immer noch schwer, schlau aus ihm zu werden – aber er hatte etwas Faszinierendes an sich. Sie dachte an die Jungen aus der benachbarten Schule, für die viele der Mädchen in ihrer Klasse schwärmten; für Alice sahen sie nicht nur alle gleich aus, sie hörten sich auch gleich an. Finn war anders.

Als Finn zurück in den Land Rover stieg, grinste er sie an, das erste richtige Lächeln, das er bisher für sie hatte. Ihr Herz machte einen Sprung, nur einen ganz kleinen. Vielleicht sagte er ja noch etwas Nettes …

»Dann bis bald, Alice im Palace!«, rief Finn lachend, während Sasha schon losfuhr und eine Staubwolke hinterließ.

Im Laufe dieser Reitsaison setzte das Team Smalley seine Erfolge fort. Alle Ponys, die für das Turnier *Pferd des Jahres* in Frage kamen, hatten sich rechtzeitig qualifiziert. Finn hatte Josephine bereits begeistert, indem er schon in seiner ersten Woche ein hübsches New-Forest-Pony namens Coco qualifiziert hatte. Das bedeutete, dass sie den erfahrenen Ponys eine kleine Sommerpause gönnen und sich auf die jüngeren konzentrieren konnten. Alice und Finn würden sie bei kleineren Turnieren reiten, um das Selbstvertrauen der Tiere aufzubauen.

Alice hatte mehr Zeit, um sich Silbermond zu widmen, und sie nahm sich fest vor, die Beziehung zwischen ihnen zu verbessern. Eines Abends entschloss sie sich, auf der unteren Koppel zu trainieren. Zuerst war alles in Ordnung. Silbermond trabte gehorsam auf dem Zirkel, und Alice begann sich zu entspannen. Doch dann blieb er stehen und weigerte sich, noch einen Schritt zu gehen. Dabei schaute er sehnsüchtig in Richtung der Wiesen, auf denen Heu gemäht werden sollte. Einen verrückten Moment lang überlegte Alice, ihn einfach über die Wiesen galoppieren zu lassen. Es war, als ob Silbermond ihre Gedanken gelesen hätte, denn er drängte eifrig vorwärts, bis Alice ihn gerade noch rechtzeitig zurückhalten konnte. Ihre Mutter würde sie umbringen, wenn sie über das ganze ungemähte Gras trampeln würden. Schließlich gab Alice auf und stieg ab, zog das Zaumzeug über

Silbermonds Kopf und führte ihn zurück in seinen Stall. Sie wusste, dass es nicht gut war, einen Trainingstag mit einem negativen Ergebnis zu beenden, aber sie hatte keine Ahnung, was sie tun sollte.

Silbermond war inzwischen beinahe sechs und das größte Pony auf ihrem Hof. Alice wollte es nicht zugeben, aber langsam wurde sie seinetwegen etwas nervös. Der Zwischenfall mit dem Ballon hatte dazu geführt, dass sie sich Sorgen machte, ob sie wohl überhaupt eine so gute Reiterin war, wie sie gedacht hatte. Und jetzt, wo sie Finn in Aktion gesehen hatte, war es mehr als offensichtlich, dass sie immer noch sehr viel lernen musste!

# 10

Da Finn sich nach der Schule neben den Hausaufgaben auch um die eigenen Ponys kümmern musste, brachte Alice' Mutter Josephine ihre Ponys manchmal zum Training hinüber nach Rookham Manor. An diesen Tagen holten Josephine oder Fergus zuerst Alice und danach Finn von der Schule ab. Alice hätte gern gewusst, wie er wohl in der Schule war. Jedenfalls strahlte er unmissverständlich etwas aus, das besagte: »Leg dich nicht mit mir an!« Um ehrlich zu sein, dachte Alice ziemlich oft über Finn nach, besonders wenn sie andere Dinge erledigen sollte, wie Hausaufgaben oder sonstige Pflichten.

Während ihrer gemeinsamen Fahrten im Pferdetransporter schwiegen Alice und Finn verlegen. Finn starrte aus dem Fenster, und Alice grübelte verzweifelt, worüber sie sich unterhalten konnten. Doch was konnte sie schon sagen, solange ihre Mutter zuhörte? Alice wünschte sich sehr, allein auf Finns Hof bleiben zu dürfen, aber leider beaufsichtigten entweder ihre Mutter oder Fergus immer die Trainingsstunden, um aufzupassen, dass die Ponys ihre Hufschlagfiguren auch richtig absolvierten.

Heute trainierte Finn gerade Archie. Er sollte ihn beim

nächsten Turnier reiten, und Archies Besitzerin wollte kommen, um zuzusehen. Auch wenn ihre Mutter das nicht direkt so ausgedrückt hatte, wusste Alice, dass sie Archie von ihrem besten Reiter vorführen lassen wollte, um die Besitzerin zu beeindrucken. Obwohl Alice natürlich wusste, dass Finn besser reiten konnte als sie, tat es doch ein bisschen weh. Sie wünschte sich so sehr, die gleiche Verbindung mit Silbermond zu haben wie Finn mit seinen Ponys. Bei ihm sah alles immer leicht aus.

Sie sah Finn so gebannt zu, dass sie gar nicht bemerkte, dass jemand an der Behelfsarena zu ihnen getreten war. Es war Marcus, Sashas Freund. Alice bemerkte, dass Finn ihm böse Blicke zuwarf, als er vorbeiritt.

»Sie müssen Mrs Smalley sein.« Marcus streckte Alice' Mutter die Hand entgegen, die sie zum Gruß ergriff, und Marcus strahlte sie an. Es war unschwer zu erkennen, warum die Zuschauer ihn mochten: Er sah wirklich gut aus. Doch Alice merkte, wie sich bei ihr innerlich Stacheln aufstellten. Sie hatte einfach das Gefühl, dass er nicht ehrlich war.

»Wie nett von Ihnen, dass Sie Finn eine Chance geben«, sagte Marcus mit einem Seufzer. »Schließlich hat er hier keine Zukunft.«

Alice' Mutter sah ihn verblüfft an. »Aber Finn und Sasha haben doch sehr viele Engagements mit ihrem Kunstreiten«, sagte sie, während sie Finn weiter zusah.

»Na ja, unter uns«, fuhr Marcus in einem gespielten Flüstern fort, »es kommt nicht so viel dabei herum. Sasha hat dem Jungen diese Flausen von der Ponyparade in den Kopf gesetzt, aber im Augenblick könnte man sie eher die Ponyscharade nennen.« Er lachte über seinen eigenen Witz.

»Das stimmt nicht!«, warf Alice ein, die einfach nicht anders konnte. »Ich war bei vielen von euren Vorstellungen. Alle Zuschauer sehen sie gern!«

Marcus warf ihr einen irritierten Blick zu, als hätte er sie eben erst bemerkt.

»Mag sein, dass das für die Zuschauer zutrifft«, sagte er gehässig, »aber nicht für die Organisatoren der Veranstaltungen. Zu altmodisch, vermute ich. Sie wollen Renn-quads buchen oder etwas noch Aufregenderes. Glauben Sie mir, ich bin derjenige, der die Buchungen betreut. Es war dieses Jahr fast unmöglich, irgendetwas festzumachen.«

Alice sah ihn böse an und erinnerte sich daran, was Finn über ein Telefonat von Marcus erzählt hatte, in dem er die Ponyparade verschwendete Zeit genannt hatte.

Marcus drehte sich wieder zurück zu Josephine und ignorierte Alice. »Nun, jedenfalls finde ich es wirklich toll, dass Sie Finn diese Chance geben. Es war nicht einfach mit ihm, seit sein Vater weg ist. Er kam in der Schule ständig in Schwierigkeiten und so weiter. Er wäre beinahe von der Schule geflogen«, fügte er noch hinzu, die Augenbrauen theatralisch hochgezogen »Wenn Sie jetzt in den Ferien noch zusätzliche Stunden für ihn haben, werden er und Sasha sich bestimmt über das Extrageld freuen.«

Josephine machte nicht den Eindruck, als sei Marcus ihr sympathisch, wie Alice zu ihrer Erleichterung bemerkte. »Oh, sicher. Nun, ich werde das im Hinterkopf behalten.«

»Vielen Dank, Mrs Smalley«, sagte Marcus und strahlte sie an, bevor er davonschlenderte. »Ich weiß, Sasha wird sich sehr freuen.«

Finn hatte jetzt die Abkühlphase von Archie beendet, und als er ihn zurück zum Paddock führte, bemerkte Alice, wie er Marcus einen bösen Blick zuwarf.

»Geh doch erst etwas trinken, Finn«, sagte Josephine und nahm Archies Zügel. »Du siehst aus, als hättest du großen Durst.«

Da ihre Mutter sich jetzt um Archie kümmerte, schlüpfte Alice davon und folgte Finn, der sich mit dem Gartenschlauch einen Becher Wasser füllte. Wie üblich kam Alice sich in Finns Gegenwart ein wenig unbeholfen vor.

»War alles okay?«, fragte er kurz. »Ist deine Mutter zufrieden? Werde ich ihren hohen Ansprüchen gerecht?«

»Mum ist wirklich sehr zufrieden«, antwortete Alice wahrheitsgemäß.

»Gut. Archie ist auch ein echt tolles Pony.«

Einen Moment lang herrschte verlegenes Schweigen.

»Also, ich weiß nicht, Marcus hat gerade etwas Komisches gesagt.« Alice senkte ihre Stimme, und Finn blickte abrupt hoch. »Er hat uns erzählt, dass ihr auf den Veranstaltungen nicht mehr so gut gebucht werdet.«

»Was?« Finn sah wütend aus. »Bei jedem einzelnen unserer Events haben wir unglaubliches Feedback bekommen. Sasha musste letztes Jahr sogar manchmal ablehnen, weil wir so ausgebucht waren!«

Alice runzelte die Stirn und überlegte angestrengt. »Was geht denn da vor?«

»Sasha *denkt*, dass Marcus sich richtig ins Zeug legt, um Engagements zu bekommen«, sagte Finn aufgebracht.

»Aber du glaubst das nicht?«

Finn sah sie einen Moment lang an, und sein Blick war nicht zu deuten.

»Alice«, sagte er schließlich. »Wenn du hier wegfährst, kehrst du zu deinem perfekten Hof, deinem perfekten Leben und deiner perfekten Schule zurück. Warum interessierst du dich überhaupt dafür, was bei uns los ist?«

Alice wurde knallrot. »Ich wollte nur helfen!«

Finn sah ihr ins Gesicht. »Du hast recht«, sagte er schließlich. »Tut mir leid, das war wirklich unhöflich von mir. Ich bin es nur nicht gewöhnt, dass es irgendjemand … interessiert.«

»Kannst du denn nicht …«, Alice überlegte genau, wie sie das ausdrücken sollte, »kannst du denn nicht deinen Dad anrufen? Wenn er wüsste, dass ihr Probleme habt, würde er dann nicht kommen und helfen?«

»Das geht nicht«, entgegnete Finn flach. »Sasha lässt mich nicht anrufen, weil er angeblich selbst genug um die Ohren hat. Sie denkt, Marcus kümmert sich schon um alles, all unsere Rechnungen, Schulden und so weiter. Und auch wenn ich noch nichts beweisen kann, habe ich das Gefühl, er will genau das Gegenteil. So wie ich das einschätze, ist Marcus ein totaler Loser, der …«

»Finn, das reicht!« Sasha tauchte wütend hinter den beiden auf, und Alice zuckte zusammen. »Du hast Marcus von Anfang an nicht leiden können!«, fuhr Sasha ihren jüngeren Bruder an. »Marcus hat sich wirklich unglaublich bemüht, uns Buchungen zu verschaffen, damit ich mich auf das Training konzentrieren kann. Finn, du musst dich endlich zusammenreißen. Du erträgst es nur einfach nicht, dass jetzt er derjenige ist, den alle sehen wollen!«

»Das ist doch gar nicht wahr«, schoss Finn zurück, und seine Wangen röteten sich. »Ich wette, das hat er dir erzählt, stimmt's? Genau wie er uns erzählt hat, dass die Leute weniger Interesse an unseren Vorführungen haben? Mach doch mal die Augen auf, Sash, bevor es zu spät ist!«

Ohne sich noch einmal umzudrehen, marschierte Finn in Richtung Haus. Sasha stieß einen tiefen frustrierten Seufzer aus.

Alice dachte auf der Heimfahrt immer noch über den Streit zwischen den Geschwistern nach. Ihre Mutter bog schon von der Hauptstraße Richtung der Ortschaft Brockley ab und damit nach Park Farm.

Mit gerunzelter Stirn brach sie dann das Schweigen. »Marcus hatte ja einige interessante Dinge über Finn zu sagen.«

»Ich trau Marcus überhaupt nicht!«, antwortete Alice hitzig. »Finn ist einfach toll … sieh dir nur an, was er mit Archie und Coco erreicht hat.«

Josephine sah aufmerksam zu ihr, und Alice bemühte sich, objektiv zu wirken.

»Tja, ich fand diesen Marcus auch nicht gerade sehr sympathisch«, gab ihre Mutter schließlich zu. »Finn ist ein talentierter Reiter, und ich brauche jemand wie ihn. Aber Alice, ich denke, du wahrst besser eine gewisse Distanz, meinst du nicht auch? Wir haben eine anstrengende Saison vor uns, und ich möchte nicht, dass du abgelenkt wirst.«

Alice seufzte. Vielleicht hatte ihre Mutter ja recht, und

es war das Beste, sich nicht einzumischen. Aber tief in ihrem Inneren wusste sie, dass sie sich bereits eingemischt hatte. Finns Welt zog sie vollkommen in ihren Bann.

# 11

Während der nächsten Wochen hatte Alice mit Schule, Turnieren und Training so viel zu tun, dass sie kaum zum Nachdenken kam. Sie versuchte, ihre Arbeit mit Silbermond fortzusetzen – allerdings mit gemischtem Erfolg. Es war so frustrierend! Alice war überzeugt, dass er es weit bringen konnte, doch gerade, wenn sie dachte, sie hätte einen Durchbruch erreicht, rebellierte er.

Eine besonders schlimme Trainingsstunde hatte sich fest in Alice' Gedächtnis eingebrannt. Als Finn einmal bei ihr auf dem Hof war, wollte sie ihm gern zeigen, was Silbermond schon konnte. Sie hatte einen wunderbaren Trab über die Diagonale perfektioniert und fühlte sich ziemlich gut. Finn blickte zu ihr herüber, und Alice war sich sicher, dass er beeindruckt aussah.

Sie beschloss weiterzureiten, damit sie Finns Aufmerksamkeit nicht verlor. Doch Silbermond hatte etwas anderes im Sinn und blieb einfach stehen, er gähnte und scharrte auf dem Boden. Es war ein heißer Tag, und Alice war klar, dass er lieber mit Tudor im Wassertrog planschen wollte.

Plötzlich merkte Alice, dass Finn ihr etwas zurief und

mit den Armen wedelte. Noch bevor Alice es verhindern konnte, ging Silbermond auf die Knie und begann sich abzulegen, um eine Rolle zu machen. Alice schaffte es gerade noch, rechtzeitig abzuspringen und ihn hochzuziehen. Silbermond schüttelte sich wie ein großer Hund und zerrte Alice fröhlich den ganzen Weg zurück zum Stall, während er lebhaft seinen Freunden zuwieherte. Es war für Alice unmöglich, ihn aufzuhalten, denn dafür war er zu groß und zu stark. Alice war das total peinlich, und so zäumte sie Silbermond schnell ab und hoffte, ihn zurück auf seine Koppel zu bekommen, um dann selbst so schnell wie möglich ins Haus zu verschwinden.

Leider hatte sie nicht so viel Glück.

Finn tauchte auf und sah sehr amüsiert aus. »Du weißt, dass Sasha dir zeigen könnte, wie man ein Pony dazu bringt, dass es sich auf Kommando hinlegt, wenn du das willst. Obwohl ich nicht weiß, was all die spießigen Turnierrichter dazu sagen würden.«

»Ha ha«, erwiderte Alice eisig.

»Aber im Ernst«, fuhr Finn fort, »hast du mal versucht, ihn einfach außerhalb der Arena zu reiten, ohne Plan und ohne Training? Einfach nur, um mit ihm zusammen zu sein und Spaß zu haben?«

Alice beschloss, Finn zu ignorieren. Silbermond seufzte und ließ seinen Kopf bewundernd auf ihrer Schulter ruhen, blies ihr dabei seinen warmen Atem ins Ohr. Alice hielt ihren Kopf aufrecht und versuchte, an etwas Cooles zu denken, während sie anfing, Silbermond abzuzäumen. Finn sah sie an und musterte ihr Gesicht. Er wollte gerade etwas sagen, da schob sich Alice an ihm vorbei und führte Silbermond zurück auf seine Koppel. Erst später, als Alice in den Flurspiegel blickte, merkte sie, dass Silbermonds Schnauben eine Spur von grünem und weißem Schaum auf einer Wange und in ihrem Haar hinterlassen hatte. Das hatte Finn ihr eben wohl sagen wollen. Sie wischte es schnell weg und starrte wütend auf ihr Spiegelbild. Das war nun wirklich die Krönung!

Alice war sich immer noch nicht ganz sicher, ob ihre Mutter Marcus nicht doch geglaubt hatte, dass Finn ein Unruhestifter sei. Josephine war Finn gegenüber immer recht kühl, aber er hatte sie definitiv mit seiner Reitkunst beeindruckt, denn sie hatte seinen Namen auf die Nennungsformulare für die ganze restliche Turniersaison gesetzt.

Irgendwie hielt Alice sich immer im Hof auf, wenn Finn da war, und gab vor, dort irgendetwas erledigen zu müssen. Da sie merkte, dass ihrer Mutter das nicht recht war, versuchte sie, ihn aus der Ferne zu beobachten. Dazu versteckte sie sich an Orten wie oben im Heuschober, von wo man die Arena überblicken konnte, wenn ihr einfach keine Aufgabe einfiel, die sie angeblich im Hof zu erledigen hatte.

»Was um Himmels willen tust du denn hier?«, fragte Fergus eines Morgens, als er die Leiter nach oben gestiegen war.

Alice schrak zusammen. Sie hatte nicht erwartet, dass jemand hier hochkam, und merkte, dass sie rot wurde. »Nichts.« Sie versuchte gleichgültig zu klingen. »Heuballen … nachzählen.«

Fergus spähte durch das staubige Fenster in die Arena unter ihnen, wo Finn einen perfekten Zirkel ritt. Er lachte. »Na, spionierst du?«

»Nein!«, erwiderte Alice ein wenig zu schnell und seufzte dann. »Ich versuche nur herauszufinden, wie er das macht, was er macht.«

»Er hat das, was mein Dad immer ›richtiges Pferdegefühl‹ nannte«, stellte Fergus anerkennend fest. »Anscheinend wird man damit geboren oder eben nicht.«

Alice drehte sich zurück zum Fenster, sah weiter zu, wie Finn die Ponys trainierte, und dachte über das nach, was Fergus gesagt hatte. Was, wenn sie eben nicht mit einer solchen Begabung geboren war? War das der Grund, weshalb sie selbst bei Silbermond keinen Erfolg hatte?

An einem heißen Nachmittag, als sie gerade nach dem Training auf Finns Hof wieder die Ponys verluden, kam

Marcus herüber zum Transporter. Finn versteifte sich sichtlich, als sein Teamkamerad sich wie beiläufig an die Seite des Transporters lehnte. Auch wenn Marcus ein gutaussehender junger Mann war, fand Alice, dass er im Augenblick irgendwie gemein wirkte.

»Ist ja ein Wunder, dass du immer noch Zeit für die Ponyparade hast«, meinte er gedehnt, während Finn den Reißverschluss an seinen Reitstiefeln öffnete. »Das nennt man wohl fehlende Motivation.«

Alice runzelte die Stirn, denn sie erinnerte sich noch gut daran, wie Marcus ihre Mutter praktisch gebeten hatte, Finn doch noch zusätzliche Stunden anzubieten. Doch ihre Mutter war im Moment außer Hörweite.

»Natürlich bin ich motiviert!«, widersprach Finn.

Marcus hob eine Augenbraue.

»Das ist ja wohl klar«, fuhr Finn wütend fort. »Unser Team kommt immer zuerst.«

»Weißt du, ich verstehe wirklich nicht, warum deine Schwester sich überhaupt Gedanken macht«, erwiderte Marcus gereizt. »Sie bleibt nur deinetwegen hier, und du gehst los und suchst dir einen anderen Job.«

»Das stimmt überhaupt nicht«, fuhr Finn ihn an. »Sasha ist froh, dass ich das mache. Zumindest versuche ich, ihr zu helfen, indem ich ein wenig Geld verdiene. Was man von dir nicht behaupten kann. Ich weiß, dass du vorhast, das Team kaputtzumachen!«

»Du weißt gar nichts«, zischte Marcus. Er machte einen Schritt auf Finn zu, aber als er nun Alice entdeckte, blieb er stehen und lachte stattdessen. »Sasha sagt ja immer, dass du eine blühende Phantasie hast.«

Und damit zog Marcus seine verspiegelte Sonnenbrille wieder über die Augen und schlenderte davon. Jack, eines der Dalesponys, schob neugierig seine Nase vor, als er an ihm vorbeiging. Doch Marcus verscheuchte ihn mit einer Handbewegung, als sei er eine lästige Fliege.

Ein paar Tage später waren Alice und Fergus gerade damit fertig geworden, die Ponys zu baden, damit sie für das Turnier am nächsten Tag gut aussahen. Außer Archie und Dolly, ein hübsches Welshpony, nahmen sie auch Silbermond mit, und Alice machte sich deswegen schon viele Gedanken. Silbermond beobachtete sie gerade interessiert von seinem Stall aus und schaffte es, so frech und unschuldig zugleich dreinzusehen, dass Alice ihm einen Kuss zuwarf. Sie dachte an das einzige Mal zurück, als sie versucht hatte, Silbermond allein zu baden. Er hatte sich von der Leine befreit, die Anschlussbuchse des Schlauches entzweigebissen und war dann mit der Mähne voller Seifenschaum und einem übermütigen Blick im Hof herumgelaufen. Es waren drei Leute und ein Eimer Futter nötig gewesen, um ihn wieder einzufangen, und Alice hatte es seither nicht noch einmal versucht.

»Ach ja, das hätte ich fast vergessen«, sagte Fergus und stützte sich auf seinem Besen ab. »Weißt du noch die Stute, die wir bei Finn und Sasha abgeliefert haben?«

»Klar«, sagte Alice und sah ihn fragend an.

»Na ja, Marcus war bei meinem Bruder.« Fergus runzelte die Stirn. »Es ging um das Formular für den Besitzübergang, damit der Pass auf seinen Namen ausgestellt werden kann. Er sagte meinem Bruder, er und Sasha seien Geschäftspartner, aber ich dachte eigentlich nicht, dass sie das sind, oder? Und Sasha hatte bereits die ganzen Papiere auf sich ausstellen lassen. Findest du das nicht auch ein wenig merkwürdig?«

Alice zog die Stirn hoch, zuckte dann jedoch mit den Schultern. Merkwürdig war es schon. Sie meinte sich zu erinnern, dass Sasha gesagt hatte, sie hätte das Pony bezahlt. Aber wenn Marcus die Besitzurkunden auf seinen Namen änderte, dann würde das Highland rechtlich ihm gehören. Andererseits war Marcus Sashas Freund und ein Mitglied der Ponyparade, also gehörte das vielleicht zu ihren Abmachungen.

Sie wurden von Alice' Mutter unterbrochen, die in Vorbereitung für die Turniere über den Hof marschierte und Dinge von ihrer Liste strich. Alice seufzte. Ihre Mutter schien wegen morgen ziemlich gestresst zu sein, und Alice vermutete, dass es daran lag, dass Archies reiche Eigentümerin morgen kam, um zuzusehen.

Josephine eilte in die Waschbox und fuhr mit den Händen durch nicht existierende Knoten in Dollys seidenem Schweif. »In Ordnung. Alles klar? Samantha kommt morgen, also sei dann bitte besonders nett, Alice.«

Sobald Josephine weiter zu Shelley gegangen war, drehte Alice sich zu Fergus. »Was hat sie denn damit gemeint?«

Fergus zuckte mit den Schultern. »Samantha ist eine wichtige Klientin«, erklärte er. »Deine Mutter möchte nur, dass sie zufrieden ist. Sie ist sehr reich und will sich anscheinend noch ein paar weitere Ponys zulegen.«

Alice schnitt ein Gesicht. Immer ging es ums Geschäft und ums Geld. Kein Wunder, dass Finn auf Abstand gehalten wurde. Abgesehen davon, dass er so etwas wie ein Pferdeflüsterer war, gehörten er und Sasha jedenfalls ansonsten nicht gerade zu den Leuten, mit denen ihre Mutter normalerweise verkehrte.

# 12

Es handelte sich nur um ein kleines Turnier an der Küste, und alle genossen den Sonnenschein. Die Ponyparade war später an diesem Nachmittag an der Reihe, die Klasse der gerittenen Ponys jedoch vor der Mittagspause. Alice überflog den Fuhrpark, um vielleicht Finn zu entdecken, und ihr Herz schlug schneller, als sie ihn näher kommen sah. Sie bemerkte, dass einige Mädchen sich nach ihm umdrehten, als er an ihnen vorbeiging, doch er ignorierte sie völlig, egal wie sie ihre Haare warfen und kicherten. Er sah toll aus, in Hemd und Krawatte, das Tweedjackett über die Schulter geworfen und seine abgewetzten Stiefel frisch poliert.

»Hi«, grüßte Alice. Unwillkürlich warf auch sie ihr Haar über die Schulter, meinte aber, das ziemlich cool und gelassen zu tun. Und da ihr Haar so lang war, musste sie den Vorgang mehrmals wiederholen.

Finn sah sie an und fragte: »Gibt es hier viele Fliegen?« Ein kleines Lächeln umspielte seinen Mund.

Alice sah ihn verblüfft an. »Nein. Warum?«

»Ach, nur so«, antwortete er. Dann wurde sein Lächeln herzlicher. »Ich bin ehrlich froh, hier zu sein, nach dem

Morgen, den ich hatte.« Er erzählte Alice, dass Sasha und Marcus einen bösen Streit gehabt hatten.

»Weswegen denn?«, fragte Alice nach.

Finn sah sich um, als erwarte er jeden Moment, dass Marcus irgendwo auftauchte.

»Ehrlich, ich glaube fast, Sasha könnte vielleicht doch endlich vernünftig werden«, erklärte er. »Sie fand heraus, dass Marcus den Verkaufswert unseres Reitstalls recherchiert hat. Das hat er letzte Nacht online gemacht, und sie kam zufällig dahinter. Er erklärte ihr, er sei lediglich neugierig gewesen. Na klar!«

Alice wollte gerade weitere Fragen stellen, als sie von ihrer Mutter unterbrochen wurden.

»Steht nicht einfach nur so hier herum!«, sagte sie mit irritiertem Unterton. »Es gibt jede Menge zu tun.«

Doch bevor sie Alice und Finn weiter herumkommandieren konnte, war eine begeisterte Stimme in der Menge zu hören. »Josie, hal-lo!«

Alle drehten sich um und sahen eine Frau in weißen Jeans und goldenen Sandalen näher kommen. Sie trug den winzigsten Hund, den Alice je gesehen hatte.

»Das ist Samantha«, zischte ihre Mutter und kniff Alice in den Arm.

Wie auf Knopfdruck setzte Alice' Mutter ein strahlendes Lächeln auf und ging auf die Frau zu.

»Samantha, wie schön, Sie zu sehen!«, antwortete sie

besonders freundlich und winkte der Frau zu, sie solle sich zu ihnen gesellen. »Sie sehen wie immer wunderbar aus, und was für ein süßer kleiner Hund!«

Für den Bruchteil einer Sekunde trafen sich Alice' und Finns Blicke. Alice hätte sich sehr gewünscht, ihm sagen zu können, dass auch sie es unfair von ihrer Mutter fand, ihre nette Seite nur vorzuzeigen, wenn es ihr gerade passte, aber Finn hatte sich schon wieder Archie zugewandt und schüttelte amüsiert den Kopf.

Samantha strahlte glücklich und gab Alice' Mutter rechts und links ein Küsschen auf die Wangen. Sie war wirklich äußerst elegant, mit tiefgebräunter Haut und sehr blondem Haar. Als Samantha sich umdrehte, war Alice verblüfft über die Wärme, die in Samanthas Lächeln lag.

»Du musst Alice sein!«

Noch bevor Alice wusste, wie ihr geschah, fand sie sich in einer Umarmung wieder. Samanthas Parfüm war süß und roch teuer. Es kitzelte Alice in der Nase – ein eigenartiger Duft inmitten all des Geruchs nach Heu, Ponys und Zaumzeug.

»Und das muss Silbermond sein!«, fuhr Samantha fort und bewunderte das Pony, das freundlich an Samanthas Hund schnüffelte. »Ich habe schon von ihm gehört. Er kam während einer Überschwemmung zur Welt und steckte einmal in einem Graben fest. Aber zu guter Letzt hat seine letzte Besitzerin ihn dir überlassen. Wie wunderbar! Das Ganze ist wie aus einem Pferdebuch!« Sie klatschte begeistert in die Hände.

Alice war verblüfft. Sie konnte sich nicht erinnern, dass jemals irgendjemand von den anderen Kunden ihrer Mutter Interesse an ihrem eigenem Pony gezeigt hatte. Auf der Stelle schloss sie Samantha in ihr Herz.

»Und da ist ja mein Archie … mein Süßer!« Samantha setzte einige begeisterte Küsse auf Archies Nase, was ihn und Finn sehr amüsierte. »Oh, er sieht ja so gut aus, Josie!«

Alice bemerkte, wie Finn bei diesem Satz eine Augenbraue hob; niemand nannte ihre Mutter Josie und wenn doch, dann korrigierte sie das sofort. Doch in Samanthas Fall lächelte ihre Mutter nur nachsichtig.

»Ich liebe Ponys so sehr«, erzählte Samantha. »Schon als kleines Mädchen wollte ich immer eines, und da bin ich nun!« Sie strahlte Finn an. »Und wie ich höre, hast du Archie ganz großartig trainiert!«

Finn zuckte mit den Schultern. »Das ist nicht schwer. Er ist ein erstklassiges Pony«, antwortete er bescheiden.

Sehr zu Samanthas Freude gewannen die beiden wieder in ihrer Klasse nach einem insgesamt schönen Turnier. Alice fand Samanthas Begeisterung richtig erfrischend. Man hätte meinen können, es ginge heute um das *Pferd des Jahres* statt um ein kleines Turnier auf dem

Lande, so wie Samantha voller Jubel immer auf und ab hüpfte! Samantha war so glücklich, dass es die Stimmung des ganzen Teams hob.

Alice belegte in einer wichtigen Klasse auf Dolly, dem Welshpony, den zweiten Platz. Die Stute hatte sich gut benommen, und Josephine schien zufrieden. Aber jetzt war Silbermond an der Reihe.

Alice wurde beinahe schlecht, wenn sie daran dachte, dass nun alle Augen auf sie gerichtet waren. Nicht nur, dass ihre Mutter eine der bekanntesten Trainerinnen von Turnierponys im Land war – obendrein hatte auch noch Silbermonds Mutter, die hübsche Lily, bekanntermaßen bei Olympia gewonnen. Alice war klar, dass alle sehen wollten, ob Silbermond genauso gut abschnitt. Vor allem wurde Alice auf einmal bewusst, dass es für sie selbst am wichtigsten war, Finn zu beeindrucken, und weniger die anderen Reiter oder Zuschauer.

Finn beugte sich über den Zaun, während Alice beim Abreiten war. Silbermond war gut gelaunt und schien recht kooperativ. Vielleicht, ganz vielleicht, würden sie es gut machen …

»Er wird doch nicht seinen neuen Trick versuchen, oder?«, meinte Finn grinsend und bezog sich dabei auf die versuchte Rolle von Silbermond vor ein paar Tagen.

»Ach, halt die Klappe!«, erwiderte Alice, deren Nerven am Anschlag waren, als sie jetzt in die Arena ritt.

Im gleichen Moment schien auch Silbermond seinen Elan zu verlieren, genau wie bei der letzten Vorstellung. Alice runzelte die Stirn und kraulte ihn noch einmal auf dem Widerrist. Nach ein paar Runden in der Arena überlegte sie, ob er vielleicht krank war, doch sie machte weiter, verscheuchte jeglichen Zweifel aus ihren Gedanken. Sie musste einfach eine gute Vorstellung liefern. Der Richter rief für sie beide einen vorläufigen ersten Platz aus, und ihre Mutter zeigte Alice vom Seitenrand ihre nach oben gerichteten Daumen. Alles, was jetzt noch nötig war, war eine gute Einzelvorführung, und die rote Rosette gehörte ihnen. Allerdings fühlte sich Silbermond irgendwie nicht richtig an. Alice musste sich große Mühe geben, damit er vorwärtsging, vor die Richterin, eine streng aussehende Dame in einem blauen Hosenanzug. Sie nickte kurz, als Alice sie freundlich grüßte.

Nachdem die Richterin einmal mit auf dem Rücken verschränkten Händen um Silbermond herumgelaufen war und ihn gemustert hatte, gab sie Alice das Zeichen loszureiten. Alice gab Silbermond Schenkeldruck und … nichts. Ihr rutschte das Herz in die Hose. Bitte nicht jetzt, nicht hier!, betete sie und trieb ihn noch einmal etwas stärker an. Ihre Wangen begannen sich zu röten, während sie insgeheim weiterbetete. Stattdessen streckte Silbermond sich ganz gelassen und ließ einen langen Seufzer hören. Alice wurde voller Entsetzen klar, dass Silbermond gerade unglaublich lange pinkelte, begleitet von einem langen Stöhnen der Erleichterung. Das Schlimme war obendrein, dass der Boden so fest war, dass die Pinkelpfütze nicht versickerte, sondern stattdessen über die staubige Erde lief wie ein kleiner Fluss, so dass die Richterin einen Schritt zur Seite machen musste, um sich nicht ihre Schuhe zu ruinieren.

Alice hörte, wie außerhalb der Arena gelacht wurde. Die Vorstellung, dass Finn dabei sein konnte, war absolut demütigend. Alice verlor komplett die Haltung, so sehr, dass Silbermond das ausnutzte, sobald er mit Pinkeln fertig war, und geradewegs aus der Arena lief. Das bedeutete eine sofortige Disqualifizierung.

»Was war das denn? Warum hast du ihn denn einfach aus der Arena laufen lassen?« Ihre Mutter klang entsetzt, als sie den Schimmel einfing.

»Tut mir leid.«

Es gab nichts, was Alice noch sagen konnte. Sie hatte diesmal völlig versagt. Aber da war nicht nur die Tatsache, dass Silbermond in der Arena gepinkelt hatte; es gab noch etwas anderes, etwas viel Wichtigeres. Plötzlich ahnte Alice, dass Silbermond das Turnierreiten vielleicht ebenso verabscheute wie sie selbst!

# 13

Als Alice ihr Pony zurück zur Box führte, holte Finn sie ein. »Hey!«

Alice ging es zu schlecht, als dass sie Finn anmotzen konnte. Ihre Vorstellung von eben erinnerte sie nur daran, dass sie keine so gute Reiterin war wie er.

»Frag mich bloß nicht, wie ich es geschafft habe, ihn dazu zu bekommen, oder was für ein guter Trick das war, oder warum ich mein Pony nicht besser im Griff habe, blablabla«, murrte Alice.

Finn sah sie von der Seite an und tätschelte Silbermond. »Ehrlich gesagt, finde ich, dass du ihn auf dem Abreiteplatz wunderbar geritten hast … vor der Pinkelpause.«

Alice sah ihn überrascht an. Ein solches Lob hatte sie von ihm nicht erwartet.

»Echt?«, sagte sie unsicher.

»Ja, echt«, versicherte Finn. »Aber Alice, hast du nicht vielleicht auch schon mal darüber nachgedacht, ob dieses Dressurreiten für Silbermond wirklich das Richtige ist? Ich meine, ich habe noch nicht so viel von ihm gesehen, aber ich habe trotzdem das Gefühl, dass es für ihn nichts ist. Genauso wenig wie für dich«, fügte er nach einer kurzen Pause hinzu.

Alice dachte an ihre Tagträume – wie sie auf Silbermond am Strand entlangritt oder über umgestürzte Baumstämme sprang. Sie dachte an ihre Liebe zum Geländereiten – damals auf Honey, vor ihrem bösen Sturz. Die Dressurarena kam dabei überhaupt nicht vor. Sie wusste, Finn hatte recht.

»Versuch du mal, mit meiner Mutter zu reden«, antwortete sie deprimiert. »Ich ginge am liebsten nur in den Reitclub oder würde Springreiten, aber ich kann nicht, oder? Ich habe ja nie Zeit dazu. Es ist nicht so, als könnte ich machen, was immer ich will, so wie du.«

Finn musterte sie nachdenklich. »Zumindest kümmert sich deine Mutter um dich«, sagte er leise, und Alice wurde daran erinnert, dass sein Vater seit dem Tod seiner Mutter einfach in der Welt umherreiste. Finn erwähnte ihn fast nie, aber es musste schwer sein. Sie schwieg schuldbewusst. Da jammerte sie, weil sie nicht zum Reitclub durfte, und dabei hatte Finn praktisch seine beiden Eltern verloren.

Als sie sich der Box näherten, konnten sie hören, wie Samantha sich angeregt mit Josephine über weitere Ponys unterhielt. Archie und Dolly machten im Schatten ein Nickerchen, und Samantha hatte auf einem Klapptisch ein tolles Picknick ausgebreitet. Es gab geräucherten Lachs, Sandwiches mit Tomaten und Mozzarella, einen Obstsalat und kleine Cupcakes, die mit Hufeisen verziert waren.

Samantha winkte Alice und Finn zu sich, sobald Alice dafür gesorgt hatte, dass Silbermond mit einem Heunetz versorgt war.

»Bitte, bedient euch!«, lud sie beide ein. »Finn, du warst einfach wunderbar mit Archie! Ich kann es kaum erwarten, dass meine Mädchen ihn reiten dürfen. Sie wären heute auch gern dabei gewesen, aber sie sind gerade in einem Tenniscamp.«

»Ich würde ja gern etwas essen, aber ich kann gerade nicht«, sagte Finn. »Ich muss los und mich für unsere Vorführung fertigmachen.«

»Das klingt ja wunderbar!«, rief Samantha begeistert. »O Alice, lass uns doch zusammen zusehen!«

Alice wusste, dass sie eigentlich ihrer Mutter bei den Ponys helfen und nach Hause fahren müsste, aber sie hätte so gern auch Finns Vorführung gesehen und noch ein wenig Zeit mit Samantha verbracht. Außerdem ging sie ihrer Mutter nach dem Desaster mit Silbermond im Moment am liebsten aus dem Weg. Vor Samantha würde Josephine nichts sagen, aber ganz sicher zu Hause. Alice brauchte etwas Zeit, um darüber nachzudenken, was heute mit Silbermond passiert war und ob Finns Überlegungen stimmten.

»Ich kann Alice gern zu Hause absetzen«, bot Samantha da an, »und dann könnten wir beide uns vielleicht noch kurz unterhalten, Josie? Ich habe ein so hübsches Connemara gesehen, das verkauft werden soll, und ich hoffe, Sie könnten es noch für mich übernehmen?«

Alice wusste, dass ihre Mutter das liebend gern tun würde. Lächelnd stimmte Josephine zu, die Ponys allein nach Hause zu bringen, so dass Alice noch mit Samantha bleiben konnte, um die Ponyparade zu sehen. Alice spürte, wie ihre Begeisterung wuchs. Es war selten, dass sie eine solch lange Pause hatte.

So leicht wollte Josephine ihre Tochter jedoch nicht davonkommen lassen. Sobald Samantha ein Telefonat führte, wurde Alice von ihrer Mutter zur Rede gestellt. »Alice, du weißt doch noch, was ich gesagt habe, oder?« Sie sah ihre Tochter mahnend an. »Finn ist ein wirklich guter Reiter, und ich weiß, dass Samantha ihn mag, aber ich würde es vorziehen, wenn du dich nicht zu sehr auf deren Angelegenheiten einlässt.«

Alice verschränkte die Arme vor der Brust. »Warum denn, Mum?« Egal, wie gut Finn die Ponys bei den Turnieren ritt, ihre Mutter schien ihn immer noch nicht zu mögen, und das war einfach nicht fair.

Josephine hob eine Augenbraue. »Komm schon, Alice, es gibt viele Gründe, das musst du doch einsehen. Ich mag Marcus auch nicht besonders, aber was ist, wenn mit Finn tatsächlich nicht alles stimmt?«

»Tja, ehrlich gesagt«, erwiderte Alice trotzig, »denke ich, dass Marcus derjenige ist, der nicht ganz sauber ist. Bei dir hat Finn sowieso nie eine echte Chance, und du gibst dir auch gar keine Mühe, ihn überhaupt besser kennenzulernen. Wenn du das getan hättest, würdest du nämlich sehen, was ich sehe. Nur weil er nicht so ist wie du oder irgendwie zu dem hier gehört!« Sie machte eine Handbewegung zum Turniergelände.

»Ach Alice.« Josephine seufzte auf eine Art und Weise, als wolle sie ausdrücken, dass Mütter immer recht haben, und fing an, die Ponys zu verladen.

Sobald Josephine gegangen war, liefen Alice und Samantha untergehakt zur Hauptarena, wo das Turnierreiten langsam dem Ende zuging. Sie setzten sich mit dem Picknick ins Gras, warteten darauf, dass die Arena wieder frei wurde, und sahen zu, wie all die Helfer umhereilten und die Hindernisse abbauten.

»Also, wie ist das denn nun mit dir und Finn?«, fragte Samantha dann Alice recht unvermittelt.

»Was meinen Sie denn?« Alice versuchte, ganz ahnungslos zu klingen.

Samantha lächelte. »Ach, ich hab nur so ein Gefühl!« Alice blickte in ihr freundliches Gesicht und hätte sich ihr am liebsten anvertraut, aber sie wusste nicht genau, was sie antworten sollte.

»Da ist wirklich nichts«, sagte sie schließlich. »Wir sind halt Freunde …«

Bevor Samantha noch weitere Fragen stellen konnte, ertönte der vertraute Trommelwirbel zu Beginn der Vorstellung, und Sasha galoppierte auf ihrem Apfelschimmel herein, ihr blondes Haar unter der Kapuze eines roten Umhangs, der sich hinter ihr aufblähte. Bewundernde Ausrufe ertönten, als Sasha ihren Schimmel steigen ließ, wofür sie schon berühmt war. Es folgte Molly stehend auf dem Rücken der beiden Dales. Dann kam Marcus. Die Mädchen in der Menge kicherten, als Marcus vorbeigaloppierte, doch Alice bemerkte, dass er nicht so grinste wie sonst. Er sah einfach nur gelangweilt aus, als wäre ihm eigentlich alles ziemlich egal. Als Letzter ritt Finn in seiner schwarzen Kleidung in die Arena. Horatio vollführte einen atemberaubenden starken Trab, Federn und Mähne flogen nur so.

»Oh, wie wunderbar!«, rief Samantha aus, deutlich begeistert, und ihr kleiner Hund bellte ebenfalls aufgeregt.

Alice wurde nie müde zuzusehen, wie die Ponys durch die Arena galoppierten und ihre Reiter alle möglichen Kunststücke vollführten. Als Sasha an Alice vorbeiritt, betrachtete Alice sie genauer. Sie lächelte, aber es sah irgendwie aufgesetzt aus. Vielleicht war sie nach ihrem Streit mit Marcus wegen seiner Recherchen über einen möglichen Verkaufspreis des Hofes immer noch wütend, aber plötzlich hatte Alice eine sehr ungute Vorahnung.

Finn galoppierte durch die Arena und ließ sich seitlich so weit aus dem Sattel hängen wie möglich, so dass er praktisch fast einen Kopfstand machte. Molly kreuzte seinen Weg in der Mitte der Arena, perfekt ausbalanciert stand sie auf dem Rücken der beiden Dalesponys. Molly winkte der jubelnden Menge zu und verlangsamte ihre Geschwindigkeit, während Sashas Schimmel zwischen ihren Beinen hindurchgaloppierte, was der Höhepunkt der Vorführung war.

Als Sashas Pferd langsamer wurde, stellte auch sie sich auf den Rücken ihres Pferdes. In einer flüssigen Bewegung balancierte sie auf einem Bein, das andere hinter sich ausgestreckt in der perfekten Pose einer Ballerina. Die Menge war begeistert. Einen kurzen Moment lang erkannte Alice den Ausdruck von Panik auf Sashas Gesicht, dann bemerkte sie voller Entsetzen, wie der Gurt, der den einfachen Sattel sicherte, sich öffnete und Sasha zu rutschen begann. Aufgrund der plötzlichen Bewegung auf seinem Rücken erschrak der Schimmel und brachte Sasha ins Wanken, die erst auf seinen Hals fiel, bevor sie mit einem heftigen Schlag zu Boden stürzte. Das Pferd ging durch, und die Menge, der jetzt klar wurde, dass dies nicht Teil der Vorführung war, hielt die Luft an, als Sasha reglos im Gras lag.

# 14

Alice und Samantha sprangen sofort auf, während Finn herangaloppierte, von Horatio absprang und zu Sasha hinüberrannte. Marcus versuchte, sein Pferd zurückzuhalten, und Molly versuchte, von ihren Ponys abzusteigen, während Sashas Schimmel in der Arena kreiste. Er war jetzt ruhiger und langsamer geworden, doch er lief Gefahr, auf die Zügel zu treten, die er mitschleifte. Ohne weiter zu überlegen, sprang Alice über die Absperrungen der Arena.

Sashas Pferd einzufangen war nicht schwer, und Alice führte es schon bald hinüber zu Finns Pony. Zur Sicherheit nahm sie auch Horatios Zügel in die Hand. Finn kniete auf dem Boden neben Sasha, und Marcus hatte schließlich sein Pferd so weit beruhigen können, um sich ihnen ebenfalls zu nähern. Zu Alice' Erleichterung schaffte Sasha es, leicht benommen aufzustehen, als auch schon die Ambulanz in die Arena raste.

Die Sanitäter verboten ihr, auch nur einen einzigen Schritt zu machen.

Marcus musterte den Sattel. »Hat denn keiner den Gurt überprüft?«, fragte er und sah Finn stirnrunzelnd an.

»Wir beide haben ihn überprüft.« Finn war kreidebleich, als Sasha auf eine Bahre gelegt wurde. »Ich überprüfe ihn immer mindestens zweimal.« Er schüttelte völlig verzweifelt den Kopf.

Alice bekam eine Gänsehaut, als sie sich daran erinnerte, dass er schon vor Wochen gesagt hatte, das Zaumzeug müsste ersetzt werden.

Sasha protestierte und sagte, dass es ihr gutginge. »Bitte kümmert euch um mein Pferd, und Finn, bleib bitte hier und sorge dafür, dass die Ponys sicher nach Hause kommen«, bat sie, während sie auf der Bahre festgeschnallt wurde. Ihr Pferd wieherte und war sehr unruhig, als man Sasha wegtrug.

»Danke, Alice.« Finn nahm Horatios Zügel von ihr entgegen und sah ziemlich fertig aus. »Der Gurt muss einfach gerissen sein. Ich kann nicht fassen, dass ich diese Gefahr nicht bemerkt habe.«

»Ist nicht deine Schuld, Finn«, rief Sasha ihm zu, noch während ihre Bahre in den Krankenwagen geschoben wurde. »Ich habe ihn erst vor ein paar Tagen repariert. Ich hätte ihn wohl lieber aussortieren sollen!«

Der Krankenwagen verließ die Arena. Ein paar Zuschauer glotzten noch in morbider Neugierde, aber die meisten Leute waren inzwischen gegangen.

»Tja, das war es dann für heute«, stellte Marcus gelassen fest und machte sich daran, die Arena zu verlassen.

Alice fand, dass Marcus nicht besonders beunruhigt schien. Sie erinnerte sich noch, wie gelangweilt er gewirkt hatte, als er in die Arena geritten war. Sie mochte Marcus wirklich so gar nicht!

Immer noch die Zügel des Schimmels in der Hand, folgte sie dem verbliebenen Team zurück zu deren Transporter, als Samantha zu ihnen kam.

»Gibt es irgendetwas, was ich tun kann?«, fragte sie, während Finn sie wie benommen anstarrte. Bestimmt steht er unter Schock, dachte Alice.

»Ich … ich muss zu Sasha.« Er brachte die Worte kaum heraus, doch Samantha schien ihn sofort zu verstehen.

»Ich fahre dich gleich zu ihr«, versprach sie beruhigend. »Ich bringe nur Alice schnell nach Hause, dann hole ich dich ab. Inzwischen kannst du erst mal die Tiere versorgen. Ist das in Ordnung für dich?«

Finn nickte, und Alice fand, dass Samantha zu den nettesten Menschen gehörte, die sie je kennengelernt hatte.

Sobald sie Finn beim Verladen der Pferde für den Transport nach Hause geholfen hatten, stieg Alice in Samanthas Geländewagen. Samantha fuhr schweigend los. Erst als sie die Hauptstraße erreicht hatten, sagte sie etwas.

»Finn ist ein guter Junge. Ich denke, auch wenn er sich

immer sehr cool gibt, ist er doch eigentlich ein wenig verloren. Aber diese Vorführung war jedenfalls das Erstaunlichste, was ich je gesehen habe. Ich kann es kaum erwarten, das meinen Mädchen zu zeigen. Ein solches Talent!«

Alice blickte aus dem Fenster auf die Felder, die an ihnen vorbeizogen, und dachte über Samanthas Einschätzung nach, die so völlig anders war als die ihrer Mutter. Die Luft war voller Staub von all den Mähdreschern, die um sie herum bei der Ernte waren. Auch wenn es Hochsommer war, lag doch ein leichter Hauch von Herbst über dem Land. Alice wusste, dass Finn und Sasha das Einkommen aus den letzten paar Vorführungen der Sommerferien brauchten, um über den Winter zu kommen. Aber sie selbst konnte nicht mehr tun, als die Daumen zu drücken und zu hoffen, dass Sasha wieder ganz gesund würde. Samanthas Worte hatten sie sehr berührt. *Er ist doch eigentlich ein wenig verloren.* Sie hatte heute eine sehr verletzliche Seite von Finn gesehen und konnte nicht aufhören, an ihn zu denken.

»Alles in Ordnung?« Ihre Mutter war in Büroarbeit vertieft und sah kaum auf, als Alice hereinkam. Alice antwortete nicht, machte einen großen Schritt über Poppy hinweg und rannte die Treppe hinauf in ihr Zimmer.

Einen Augenblick später klopfte es an der Tür, und

ihre Mutter tauchte auf. »Al?«, fragte sie vorsichtig, und Alice blickte auf. Ihre Mutter bemerkte, wie blass sie war, und setzte sich zu ihr aufs Bett.

»Ach, Mum«, seufzte Alice und erzählte dann von Sashas Sturz, während Josephine ruhig zuhörte. Alice war dankbar, dass sie das Thema von Silbermonds schlechter Leistung jetzt nicht noch einmal zur Sprache brachte.

»Wo ist Finn denn jetzt?«, fragte ihre Mutter, sobald Alice fertig war.

»Kümmert sich um seine Ponys«, sagte Alice traurig.

Ihre Mutter nickte, stand auf und griff nach ihrem Handy. »Ich werde ihn anrufen und hören, ob sonst alles bei ihm in Ordnung ist«, sagte sie zu Alice' Überraschung. »Ich wusste ja, dass diese Art von Reiterei Unsinn ist! Er sollte beim Turnierreiten bleiben.«

Alice sah sie nur an. Genau wie Silbermond gehörte auch Finn nicht in die Turnierarena.

»Nicht jeder möchte das tun, was du tust, Mum«, stieß sie leise hervor.

Später, nachdem Alice geduscht hatte, ging sie wieder nach unten in den Hof. Ihr feuchtes Haar trocknete in der Sonne des Spätnachmittags schnell. Sie musste jetzt einfach in Silbermonds Nähe sein. Ihre Mutter war noch zu einem anderen Turnier gefahren, bei dem sie zur Jury der Preisrichter gehörte, und sowohl Shelley als auch

Fergus waren unterwegs. Nur ihr Vater war daheim und befand sich in seinem Arbeitszimmer. Alice' einzige Aufgabe war, Lachlan zu reiten, etwas, was ihre Mum ihr auch ohne Aufsicht zutraute. Ob ihre Mutter wohl mit Finn hatte sprechen können?

Silbermond döste in seinem Stall vor sich hin. Alice betrachtete ihn über die Tür hinweg und dachte wieder über das nach, was Finn gesagt hatte.

»Was meinst du, mein Junge?« Sie streckte Silbermond eine Hand entgegen, und er kam zu ihr herüber. »Bist du für etwas anderes bestimmt?«

»Führst du wieder mal Selbstgespräche?«

Die vertraute Stimme ließ Alice herumwirbeln, und Silbermond wieherte. Es war Finn, der da im Eingang stand, seinen Hund Lima an der Leine mit dabei.

»Finn!«, rief Alice erstaunt aus. »Was machst du denn hier? ... Wie geht es Sasha?«

Finn brachte ein kleines Lächeln zustande. »Na ja, Samantha hat mich zurückgebracht, und Sasha geht es so weit gut. Sie hat zwar ihren Knöchel ziemlich böse verstaucht, aber zumindest ist nichts gebrochen, und der Arzt sagt, solange sie vorsichtig ist, darf sie wieder reiten. Also denke ich, wir können die letzten Auftritte noch absolvieren.«

»Das ist ja super«, sagte Alice erleichtert.

Finn verzog kurz das Gesicht. »Ja«, stimmte er zu.

»Aber dieser blöde Gurt! Ich wusste ja, dass er schon ziemlich am Ende war, aber mir war nicht klar, wie sehr. Es hätte so viel schlimmer ausgehen können … Wenn sie nur ein bisschen weiter nach links gefallen wäre …« Seine Stimme brach ab, und Alice schauderte, als sie sich erinnerte, wie nahe Sasha daran gewesen war, unter die Hufe zu kommen.

Finn schüttelte den Kopf, dann fuhr er fort. »Deine Mutter hat angerufen und angeboten, dass ich heute bei Fergus in der Wohnung der Pferdepfleger übernachten kann. Sasha bleibt noch bis morgen im Krankenhaus, und ich wollte nicht ganz allein daheim bleiben.« Er stieß mit seinen abgetragenen Stiefeln in den Staub.

Das war wirklich nett von Mum, dachte Alice erfreut.

»War mit den Ponys alles in Ordnung?«, fragte sie.

Finn lächelte. »Samantha half mir, sie alle unterzubringen, bevor wir ins Krankenhaus fuhren«, erklärte er. »Sie ist echt nett. Sie will auch, dass ich weiter all ihre Ponys reite.«

Dann ist Finn viel öfter hier, dachte Alice glücklich und versuchte, sich nichts anmerken zu lassen.

Sie schwiegen beide einen Moment, während sie Silbermond zusahen, der sich wieder an seinem Heunetz zu schaffen machte und begeistert jedes Maulvoll durch seinen Wassereimer zog. Er war wirklich ein kleiner Chaot!

»Aber egal«, sagte Finn und streckte sich, »ich muss endlich auf andere Gedanken kommen. Warum reiten wir nicht einfach ein wenig aus?«

»Was, jetzt?«, sagte Alice verblüfft. »Nur wir beide?«

Finn sah sich um. »Na ja, ich sehe sonst niemanden, du vielleicht?«

»Es ist nur ... normalerweise reite ich immer mit Fergus«, sagte Alice nervös. Auch wenn ihre Mutter wollte, dass alle Ponys regelmäßig bewegt wurden, hatte es sich so eingespielt, dass Fergus ein Pony vorwegführte und Alice hinterhertrottete.

Finn zuckte mit den Schultern. »Und?«

»Eigentlich müsste ich wirklich Lachlan reiten ...«, sagte Alice langsam.

»Perfekt. Ich reite Lachlan, du Silbermond«, schlug Finn vor.

Alice nickte, und noch bevor sie wusste, wie ihr geschah, ritten sie auf den beiden Ponys vom Hof. Sie fühlte sich, als ob sie die Schule schwänzte! Silbermond, der Ausritte ins Gelände liebte, stellte die Ohren auf und lief entspannt neben Lachlan her.

»Wo reitest du denn normalerweise?« Finn hielt die Zügel ganz entspannt in einer Hand.

»Ähm ... nach links, um das Dorf und wieder den langen Hang herauf zum Hof.«

Finn verzog das Gesicht. »Wie langweilig. Wie wäre es hier entlang?«

Er deutete auf einen Reitweg, der ins hügelige Gelände führte. Alice war dort schon oft mit Poppy spazieren gegangen. Bevor sie noch etwas sagen konnte, hatte Finn das Gatter bereits geöffnet und forderte sie mit einem Grinsen auf, ihm zu folgen. Nach einem kurzen Zögern gab Alice ihrem Pony leichten Fersendruck, und Silbermond folgte ganz friedlich, ohne irgendein Anzeichen von Ungehorsam. Bald führte der Reitweg hinaus ins offene Gelände. Hier trieb Finn sein Pony zu einem Galopp an, und Alice tat es ihm nach. In diesem Moment, als ihre Schatten vor ihnen ganz lang wurden und die Mähnen der Ponys flogen, fühlte Alice sich zum ersten Mal seit ihrem Unfall wieder völlig frei. Das war es, worauf sie seit Jahren gewartet hatte: Wieder einfach ihr Pony zu reiten, ohne sich über irgendetwas Gedanken machen zu müssen!

»Na komm!«, rief Finn lachend über die Schulter, als sie langsamer wurden und schließlich trabten. »Schau mal, da vorn!«

Alice sah genauer hin. Da lag ein unglaublich einladender Baumstamm in ihrem Weg, nur etwa einen halben Meter hoch. Genau über solche Hindernisse war Alice früher auf Honey mit Vorliebe gesprungen.

»Ich prüfe die Umgebung.« Finn ritt voran und tätschelte Lachlan, während er den Boden betrachtete, der beim Aufkommen auf der anderen Seite des Stammes auf Pferd und Reiter wartete. Es war der perfekte Untergrund, keine Löcher oder sonstige Gefahrenstellen. »Warum nicht?«, sagte er mit einem Grinsen und kehrte zu Alice zurück.

Alice holte tief Luft und merkte, dass sie nicht einmal nervös war. Mehr als alles andere wollte sie über diesen Baumstamm springen, und sie spürte, dass Silbermond das auch wollte. Also trieb sie ihn an. Die Ohren aufgestellt und völlig gelöst, folgte er bereitwillig ihren Hilfen und galoppierte an. Von dem gelangweilten Pony, wie Alice es die letzte Zeit erlebt hatte, war nichts mehr zu spüren. Auch wenn der umgestürzte Baumstamm nicht sehr hoch war – das Glücksgefühl war riesig, als Silbermond nach dem Sprung in einem kontrollierten Galopp aufkam.

Eine halbe Stunde später ließen Alice und Finn die Ponys auf dem Heimweg abkühlen, und Alice konnte gar nicht mehr aufhören zu lächeln.

»Was sagst du denn nun, Alice im Palace?« Finn grinste sie an, als sie sich nebeneinander dem Hof näherten. »So perfekt habe ich euch beide noch nie zusammen gesehen. Stell dir mal deine Zukunft vor, wenn ihr das weiter machen könntet.«

Alice ignorierte den verhassten Spitznamen. Der

Ritt war wirklich toll gewesen. Sie hatte Silbermond in Höchstform erlebt – wachsam, temperamentvoll und frei –, aber dennoch hatte er mit ihr zusammengearbeitet. Alice' Entscheidung war jetzt getroffen. Silbermond gehörte nicht in die Dressurarena. Das hatte er ihr schon die ganze Zeit sagen wollen, doch sie hatte es jetzt erst begriffen.

Da Samantha es nicht eilig hatte, nach Hause zu fahren, und Finn über Nacht bei Fergus blieb, gab es ein improvisiertes gemeinsames Abendessen in der Küche, in Form eines Büfetts. Jeder nahm sich von den Platten mit verschiedenem Essen, die auf dem großen Holztisch angeboten wurden, und alle unterhielten sich fröhlich über Pferde und alles, was damit zusammenhing.

Alice wollte von Finn wissen, ob er von Sasha gehört hätte. Er nickte und zog sein Handy heraus.

»Sie hat mir vorhin eine Nachricht geschrieben, es geht ihr gut. Eine der Schwestern hat sie mit einer Pferdezeitschrift versorgt«, berichtete er mit einem Blick auf das Display seines Handys.

»Ist Marcus bei ihr?«, fragte Alice, und Finn verzog das Gesicht.

»Er tauchte auf, sobald ich weg war«, sagte er grimmig. »Wahrscheinlich versucht er, nach ihrem Streit von heute Morgen, sich wieder bei ihr einzuschleimen.« Er fuhr sich mit einer Hand durchs Haar und runzelte die Stirn. »Auf jeden Fall hat er irgendetwas vor. Warum hätte er sonst wissen wollen, wie viel unser Hof wert ist? Ich hoffe nur, dass Sasha das inzwischen begriffen hat …«

# 15

Ein paar Tage später fuhren Alice und Fergus nach Rookham Manor, um Archie und Merlin, das neue Connemara, dort abzuliefern, damit Finn die beiden trainieren konnte.

»Hallo?«, rief Fergus und öffnete die Tür zur Sattelkammer. Sasha saß in der Ecke auf einem Stoß Wolldecken, den Kopf in den Händen aufgestützt, das Gesicht tränenüberströmt. Finn lief auf und ab, und sein Gesichtsausdruck war eine Mischung aus Sorge und Wut. Alice runzelte die Stirn, als sie bemerkte, dass Marcus an der Seite lehnte und gelangweilt auf seinem Handy herumscrollte.

»Ähm …«, Fergus stieß die Tür weiter auf. »Alles okay?«

»Nein«, antwortete Finn. Seine Stimme war so eisig, dass Alice eine Gänsehaut über den Rücken lief.

Fergus versuchte es erneut. »Gibt es irgendetwas, womit wir helfen können?«

»Nur wenn ihr alle Veranstalter anrufen und überzeugen könnt, uns zu buchen«, sagte Finn bitter, und Sasha begann wieder zu weinen.

»Ich verstehe das einfach nicht!«, schluchzte sie. »Wir hatten nie ein Problem, und jetzt haben sie uns alle abgesagt!«

»Was ist denn los?«, fragte Alice leise zu Finn gewandt.

Er rieb sich über die Stirn. »Unsere letzten Vorstellungen der Saison sind alle abgesagt«, erklärte er, sah Marcus böse an und fügte hinzu: »Anscheinend!«

»Ich habe es dir schon gesagt, Finn«, erwiderte Marcus mit einem Gähnen. »Sie haben alle angerufen, als Sasha im Krankenhaus war und du dich ja unbedingt auf deinem schicken Reiterhof herumtreiben musstest. Sie sagten, es täte ihnen schrecklich leid, aber sie hätten von dem Sturz gehört und würden lieber jemand anders buchen, jemand der verlässlicher ist, denn … sehen wir doch mal den Tatsachen ins Auge: Die letzte Vorführung war eine Katastrophe.«

»Ich kann einfach nicht glauben, dass *alle* dieser Meinung waren!« Finn klang verzweifelt.

»Ach Finn.« Marcus sprach von oben herab. »Ich bin genauso enttäuscht wie du. Was hatte ich für eine Arbeit, diese Buchungen überhaupt erst alle zu organisieren. Was für ein Jammer.« Er schüttelte den Kopf und sah überhaupt nicht enttäuscht aus. »Wir müssen jetzt aber über einen Plan für den Winter nachdenken, Sash.«

»Was für einen Plan? Willst du Sasha doch noch dazubringen, unseren Hof zu verkaufen?« Finn hatte die

Hände zu Fäusten geballt. »Hast du ihr inzwischen erklärt, weshalb du den Verkaufspreis unseres Hofes recherchiert hast?«

»Sasha weiß genau, dass alles, was ich mache, zu ihrem eigenen Besten ist«, entgegnete Marcus selbstgefällig. »Sie braucht mich.«

»Du verdammter …« Finn holte aus, aber Fergus trat dazwischen und fing die zur Faust geballte Hand ab.

Sasha hatte den ganzen Streit schweigend mitverfolgt. »Mein Bruder hat recht«, sagte sie ganz langsam zu Marcus, als würde ihr in diesem Moment etwas klar. »Du hast nie versucht, uns zu helfen, im Gegenteil, du wolltest uns von Anfang an nur entmutigen.«

»Ach komm schon, Sash.« Marcus lachte auf. »Siehst du denn nicht, wie viel besser dein Leben sein könnte, wenn du einfach von hier wegkönntest? Finn hat inzwischen genug mit seinem tollen Job zu tun, und die Ponyparade ist ziemlich am Ende, also was hast du zu verlieren?«

Sashas Gesicht lief vor Wut rot an. Sie packte das Nächste, was sie in die Hände bekam – eine alte rosa Kardätsche –, und warf sie nach Marcus. »Ich fasse es nicht, dass ich so lange gebraucht habe, um dich zu durchschauen!«, schrie sie. »Verschwinde! Verschwinde von unserem Hof und aus meinem Leben!«

»Wäre es okay für dich, wenn wir das Training heute ausfallen lassen?« Ein wenig abgekämpft lehnte sich Finn kurz darauf gegen Archie. »Wenn wir stattdessen einfach eine Runde über die Felder drehen?«

»Klar«, stimmte Alice zu und schwang sich in Archies Sattel. Finn nahm Merlin, und sie ritten vom Hof. An einem Tor beugte Finn sich vor und fummelte an dem Riegel, um das Tor aufzustoßen. Im selben Moment brach gleich daneben eine morsche Latte ab und fiel ins hohe Gras.

»Tja, das ist ja super!«, explodierte Finn, tätschelte dann jedoch sofort beruhigend sein Pony. »Tut mir leid, mein Junge, ich wollte dich nicht erschrecken.« Er lächelte Alice schief an. »Oder dich, Alice.« In seinem Blick lag etwas, was Alice veranlasste, zuerst wegzusehen.

Sie ritten nebeneinander her, die Ponys streckten und senkten entspannt die Köpfe, und Alice fühlte sich mutig genug, um Finn zu fragen, was Sasha und er jetzt tun würden.

Finn schob das Kinn vor. »Was wir schon immer getan haben. Wir fangen wieder von vorn an, arbeiten hart und bringen die Ponyparade wieder zum Laufen, und zwar ohne Marcus. Sasha liebt diesen Hof, genau wie ich. Wir würden ihn niemals verkaufen, und ich kann nicht fassen, dass Marcus überhaupt glauben konnte, er würde sie dazu bringen.«

Aber wie energisch er das auch sagte, Alice bemerkte ein leichtes Zittern in seiner Stimme. Finns Zukunft sah im Augenblick sehr unsicher aus.

Während ihres Ausritts erfuhr Alice von Finn noch ein bisschen mehr über seinen Dad, der im Moment in Andalusien, in Spanien arbeitete.

Auch wenn sie es nicht aussprach, je mehr Finn ihr erzählte, desto mehr fand Alice, dass sein Vater sich ziemlich egoistisch anhörte. »Wenn er wüsste, dass eure Buchungen storniert wurden«, fragte sie nachdenklich, »käme er denn dann nicht zurück, um euch zu helfen?«

Finn schüttelte den Kopf. »Sasha will es ihm immer noch nicht schreiben«, erklärte er seufzend, »auch wenn ich es möchte. Sie meint, er hätte genug um die Ohren, und wir müssten nur das hier überstehen und ein paar neue Buchungen bekommen, dann schafften wir es schon.«

»Oh.« Alice wurde mit einem Mal klar, wie gut es ihr ging. Ihre Mutter mochte zwar total besessen vom Turnierreiten sein, aber zumindest musste Alice sich nie Sorgen um die Rechnungen des Tierarztes oder für das Futter machen. Und was noch wichtiger war: Sie hatte beide Eltern. Es ist schon komisch, dachte sie. Auf der einen Seite beneide ich Finn um seine Freiheit und umgekehrt beneidet er mich vielleicht um die Sicherheit, die ich habe. Ihre einzige Gemeinsamkeit waren eigentlich die Ponys.

Samanthas Ponys verhielten sich absolut ruhig, und als sie im Schritt am langen Zügel gingen, konnte Alice plötzlich mit Finn über Dinge reden, die sie noch nie jemand erzählt hatte. Über ihren Unfall mit Honey und über den Tag, an dem sie aus dem Krankenhaus entlassen worden war, oder auch wie sie Silbermond zum ersten Mal gesehen hatte. Finn hörte ihr aufmerksam zu. Er zog sie nicht auf und nannte sie auch nicht bei ihrem Spitznamen. Sie plauderten über die anderen Ponys auf dem Hof, einschließlich Lachlan, der, wie sich herausstellte, mit der Stute verwandt war, die Fergus und Alice vor einigen Wochen an Finns Hof ausgeliefert hatten.

Finn sah nachdenklich drein. »Ich bin mir ziemlich sicher, dass sie so etwas wie Halbgeschwister sind. Erinnere mich doch daran, dass ich ihren Pass heraussuche, wenn wir zurück sind, damit ich das überprüfen kann.«

»Welchen Namen habt ihr der Stute denn eigentlich gegeben?«, fragte Alice.

»Sasha hat sie ›Hope‹ getauft, also ›Hoffnung‹.« Finn schnalzte mit der Zunge, um Merlin nach Hause zu lenken. »Und Hoffnung ist genau das, was wir jetzt brauchen.«

Die Sonne stand hoch am Himmel, als Alice und Finn von ihrem Ausritt zurückkamen, und sie tupften die erhitzten Ponys mit einem Schwamm ab und füllten ihre

Heunetze. Von Fergus oder Sasha war immer noch nichts zu sehen.

Finn schnippte mit den Fingern. »Ach ja, Hopes Pass. Komm mal mit.«

Alice folgte Finn über den Hof in die kühle Küche und versuchte, sich nicht zu auffällig umzusehen. Sie betrat das Haus zum ersten Mal. Auch wenn alles ziemlich abgenutzt aussah, war es gemütlich. Überall fanden sich Erinnerungen an das Nomadenleben von Finns Vater: Poloschläger in einer Ecke, eine Westernsatteldecke über dem Sofa, von wo aus eine Katze ihnen schläfrig entgegenblinzelte. Finns Hund lag auf den Steinfliesen und bewegte schläfrig seine drahtige Rute, als sie hereinkamen.

Finn bückte sich, um den Hund zu streicheln, der sich genüsslich streckte. »Braver Junge, Lima!«

»Das ist ja ein lustiger Name für einen Hund«, meinte Alice. Sie nahmen in Geographie gerade Südamerika durch. »Ist das nicht die Hauptstadt von Peru?«

»Stimmt.« Finn lachte. »Dad hat ihn als Welpen dort auf der Straße gefunden und ein halbes Vermögen dafür bezahlen müssen, um ihn mit hierhernehmen zu können.«

Es war unübersehbar, woher Finn seine Liebe zu Pferden und Hunden hatte. Vielleicht verstand er sich ja, wie sein Vater, mit Tieren besser als mit Menschen.

Wie bei Alice zu Hause gab es auch hier in der Küche überall Fotos von Pferden. Ponys in der Arena, geritten von Sasha, als sie noch jünger war. Ein Foto von Finn auf einem riesigen Friesenpferd, das von einem dunkelhaarigen Mann geführt wurde. Alice entdeckte das Foto einer Frau, die genau wie Sasha aussah und im Damensattel auf einem großen Grauen saß, den Kopf lachend in den Nacken gelegt. Sie sah so glücklich aus. Das musste Finns Mutter sein. Einen Augenblick lang glaubte Alice, Finns Verlust selbst zu spüren, und es raubte ihr fast den Atem.

Finn durchsuchte in der Zwischenzeit Papiere auf einem Schreibtisch und sah mehr und mehr verwirrt aus. »Das ist ja komisch«, stieß er hervor.

»Was denn?«, fragte Alice.

»Die Pässe der Ponys!«, rief er aus. »Sie sind weg!«

Finn kratzte sich am Kopf und sah sich um. »Ob wir sie vielleicht im Transporter gelassen haben, bei all der Aufregung nach Sashas Sturz?«

Doch die Pässe waren auch nicht im Transporter. Alice merkte, dass Finn langsam unruhig wurde. Sasha humpelte über den Hof, ihr Gesicht war immer noch leicht verquollen vom Weinen.

Sie runzelte die Stirn, als Finn sie nach den fehlenden Pässen fragte. »Sind sie nicht im Schreibtisch? Auch nicht im Transporter?«, fragte sie, als Finn den Kopf schüttelte.

»Nein.« Er klang aufgeregt. »Ich habe überall nachgesehen. Sie sind weg!«

Sasha schüttelte wütend den Kopf. »Finn, die kosten ein paar hundert Pfund, wenn wir sie ersetzen müssen! Wie können sie einfach weg sein? Ich lege sie immer zurück, sobald wir von einer Veranstaltung nach Hause kommen! Warum hast du das nicht gemacht? Du weißt doch, wie wichtig sie sind!«

»Ich war ein wenig abgelenkt nach deinem Sturz«, sagte Finn eisig. »Gib mir nicht die Schuld!«

»Na toll!« Sasha warf die Hände in die Luft. »Ich meine, das ist genau das, was uns noch gefehlt hat, oder?«

Während des Wortwechsels der beiden Geschwister verzog Alice nachdenklich die Stirn. Irgendwie löste das Ganze bei ihr eine vage Erinnerung aus, aber sie kam nicht darauf, was es war. Als Fergus wiederkam, um Alice mit nach Hause zu nehmen, nahm Finn gar nicht richtig wahr, dass sie ins Auto stieg, da er und Sasha sich immer noch stritten.

# 16

Während der nächsten Wochen hatte Alice öfter Gelegenheit, Finn zu sehen. Samantha hatte zu ihrem wachsenden Bestand noch eine hübsche Exmoorstute hinzugekauft und wollte, dass Finn all ihre Ponys ritt. Sasha war wieder auf den Beinen und übte wie immer auf ihrem Apfelschimmel. Finn hatte Alice erzählt, dass sie zwar versuchten, das Geschäft wieder zum Laufen zu bringen, aber Sasha einen Job als Kellnerin hatte annehmen müssen, um den Hof über Wasser zu halten.

Alice war inzwischen lange genug mit der Situation auf Rookham Manor vertraut, um zu wissen, dass Finn und Sasha immer noch Geldprobleme hatten. Und so war sie erleichtert gewesen, als Finn ihr erzählt hatte, dass der benachbarte Farmer ihnen das Heu praktisch umsonst abgemäht hatte, so dass zumindest das Winterfutter für die Ponys gesichert war. Es machte Alice richtig glücklich zu sehen, wie das Heu neben der Sattelkammer gestapelt war, um bald auf den Heuboden gebracht zu werden. Der süße Geruch von frisch gemähtem Heu war beruhigend!

Nach dem, was Finn sagte, war es zwischen Sasha und

Marcus inzwischen völlig aus. Entsprechend überrascht war Alice, als Marcus eines Morgens mit einem großen blonden Mann auf Rookham Manor auftauchte. Es war etwas an der Art, wie der Mann sich auf dem Hof umsah, eine Zigarette im Mundwinkel, was Alice eine Gänsehaut über den Rücken jagte.

Sie saß auf der Aufstiegshilfe und schaute zu, wie Finn gerade mit Merlin auf der vorderen Koppel trainierte. Sobald Finn die beiden Männer entdeckte, trieb er das Pony an und ritt im Galopp in den Hof.

»Was willst du, Marcus?«, rief er aufgebracht. »Sasha ist nicht hier.«

Marcus sah Finn böse an. »Es sind noch Sachen von mir hier.«

Finn ließ sich nicht beeindrucken. »Das glaube ich nicht. Das hier ist unser Zuhause und unser Betrieb.«

Marcus kam näher. »Das kann man ja wohl kaum einen Betrieb nennen«, versuchte er zu provozieren. »Keine Buchungen, kein Geld … wie jämmerlich. Und wenn man bedenkt, wie viel Zeit und Anstrengungen ich selbst hier reingesteckt habe. Deine Schwester schuldet mir was!«

»Sie schuldet dir gar nichts. Du hast es echt nötig«, widersprach Finn mit funkelnden Augen. »Verschwinde, Marcus!«

»Mit Vergnügen, aber wir haben uns nicht zum letzten

Mal gesehen«, erwiderte Marcus und schlenderte entlang der Einfahrt zurück. Er sagte etwas zu seinem Freund und schien ihm etwas zu zeigen. Sie lachten – und ihr Lachen hatte einen schäbigen Beiklang.

Alice stand auf. »Alles in Ordnung mit dir?« Sie nahm Merlins Zügel von Finn entgegen.

»Jetzt schon, da er weg ist«, antwortete er aufgebracht.

»Es klang fast, als ob er dir droht …«, meinte Alice. »Denkst du, wir sollten es jemandem erzählen?«

»Ach, Marcus ist doch ein Feigling, er macht bestimmt nichts«, antwortete Finn zuversichtlich. »Und was kann er denn schon tun? Sasha hat ihn gefeuert.«

Finn nahm seine Reitkappe ab und schüttelte sein feuchtes Haar aus, dann brach er völlig unerwartet in Gelächter aus. Alice sah ihn verblüfft an. Sie hatte Finn noch nie zuvor richtig lachen gehört.

»Wir kommen schon klar«, sagte Finn schließlich, sah sich auf dem Hof um und fügte hinzu: »Wir können wieder von vorn anfangen. Wir sind aus hartem Holz geschnitzt!«

Archie stellte sich als der Star der Saison heraus. Finn hatte ihn für ein Meisterschaftsturnier am Ende der Saison qualifiziert – sehr zu Samanthas Freude. Alice' Mutter musste nun alles gut organisieren, damit Finn genug Zeit hatte, ihn zu reiten.

»Hm«, sagte Josephine mit Blick auf ihren vollen Terminkalender, während sie die Zeit für Finn einplante. »Ich bin am Donnerstag in der Jury eines Turniers, das nur etwa eine Stunde von Rookham Manor entfernt ist«, überlegte sie. »Wenn ich Archie auf dem Hinweg bei Sasha und Finn absetze, könnte Finn vielleicht mit Archie auf einer Koppel noch eine kleine Trainingseinheit absolvieren.«

»Ja, genau.« Alice saß neben Poppys Korb, die Arme um den schlafenden Hund gelegt. Dann fiel ihr der Ausritt kürzlich mit Finn ein, und sie hatte eine Idee. »Ach Mum, können wir vielleicht auch Silbermond mit zu Finn nehmen? Es wäre bestimmt gut, ihn einmal woanders zu reiten, damit er Erfahrungen sammeln kann.« Sie kreuzte die Finger bei diesem Vorschlag und hoffte, Finn könnte mit ihr in der schönen Gegend um sein Zuhause ausreiten.

»Gute Idee, Alice.« Ihre Mutter klang erfreut. »Ich rufe Sasha gleich an. Und wenn wir schon von Silbermond reden, was hältst du davon, wenn wir ihn zusammen mit Archie zu einem kleinen Übungsturnier mitnehmen? In ein paar Wochen?«

Alice spielte mit dem Schild an Poppys Halsband. »Vielleicht«, antwortete sie und vermied es, ihrer Mutter in die Augen zu schauen.

»Okay, das entscheiden wir, wenn es so weit ist.« Alice'

Mutter kehrte zu ihrem Terminkalender zurück und hatte wieder Archie im Fokus. »Aber Alice, irgendwann müssen wir über Silbermond reden. Wie es im Moment aussieht, habt ihr beiden wohl ein paar Probleme.«

Alice murmelte eine unverständliche Antwort. Bis sie sich selbst über alles im Klaren war, wollte sie dieser Unterhaltung jedenfalls noch aus dem Weg gehen.

»Ich hole dich dann heute Abend ab, okay?«

Alice gab ihrer Mutter ein Küsschen auf die Wange. In ihrem cremefarbenen Kostüm und dem passenden Hut gab sie ein Bild absoluter Eleganz ab. Archie und Silbermond waren bereits aus dem Transporter entladen worden, und Josephine machte sich auf den Weg, um ein abendliches Turnier zu bewerten.

»Wir kommen schon klar, Mum. Dir auch viel Erfolg!«

Alice winkte und drehte sich dann wieder zu den Pferden. Fergus begleitete Josephine als Steward, also waren nur Finn, Sasha und Alice auf dem Hof. Anscheinend sieht Mum doch endlich, wie toll Finn und Sasha sind, ging es Alice durch den Kopf. Anfang des Sommers hätte sie jedenfalls nicht erlaubt, dass Alice allein auf Rookham Manor blieb. Und Alice wusste auch, dass Finn sich über die zusätzliche Übungseinheit freute.

»Wann ist denn Silbermonds nächstes Turnier?«, wollte Finn wissen, als sie später auf der vorderen Koppel ritten. Die Sonne ging unter und warf letzte Strahlen aufs Gras, was Silbermonds wunderschöne Farbe noch betonte.

Alice holte tief Luft, denn sie hatte einen Entschluss gefasst. »Ich will mit ihm nicht mehr auf diese Turniere.«

Jetzt war es heraus. Nach tagelangem Nachdenken war Alice endlich klargeworden, was für ihre Beziehung zu Silbermond am Besten war. Und als sie es ausgesprochen hatte, war sie sich sogar noch sicherer. Sie wollte das nächste Turnier mit ihm nicht mehr machen. Sie wollte ihn überhaupt nicht mehr in der Dressur zeigen.

Finn nickte beifällig. »Das ist die beste Entscheidung, die du treffen konntest. Weiß deine Mutter es schon?«

Alice schüttelte den Kopf. »Nein. Und sie wird auch nicht gerade glücklich darüber sein.«

»Warum?«, fragte Finn überrascht. »Er ist doch dein Pony.«

»Ich weiß«, sagte Alice und dachte kurz nach. Würde ihre Mutter sich im Stich gelassen fühlen? Wäre sie enttäuscht? Wütend? »Ach, es ist schwer zu erklären. Sie meint eben, er hätte sehr viel Potential.«

»Das hat er wahrscheinlich auch«, stimmte Finn zu. »Aber es kann trotzdem sein, dass es für ihn oder dich nicht richtig ist. Hör mal, vielleicht wird das mit deiner

Mutter gar nicht so schlimm. Es ist ja nicht so, als ob du das Turnierreiten ganz aufgibst, oder?«

»Nein!« Alice schüttelte den Kopf. Sie konnte sich nicht vorstellen, Lachlan oder Porridge nicht mehr zu reiten oder irgendeines der anderen jungen Ponys, die kamen und gingen. Es war nicht das, was ihr am allerbesten gefiel, aber sie wollte auf jeden Fall weiter ihrer Mutter helfen.

»Dann sag ihr das doch einfach so«, riet ihr Finn. »Sag ihr, dass du mit Silbermond etwas anderes machen möchtest, aber trotzdem weiter mit den anderen Ponys arbeiten willst. Du bist eine talentierte Reiterin, Alice.«

Finns Kompliment erwischte Alice aus heiterem Himmel, und sie strahlte vor Freude. Bei ihm klang es so einfach, ihrer Mutter alles zu sagen.

»Also, was möchtest du denn nun wirklich mit Silbermond machen?«, fragte er und holte sie wieder zurück in die Gegenwart.

Alice streckte die Hand aus und tätschelte ihr Pony. »Erst mal noch gar nichts. Ich will ihn einfach nur ohne Stress reiten und mit ihm von vorne anfangen. Und außerdem möchte ich gern wieder das tun, was ich mit Honey gemacht habe.« Sie lächelte bei der Erinnerung an ihr treues Palomino. »Springen! Bei diesem Ausritt mit dir, als ich über den Baumstamm gesprungen bin, das war einfach toll! Ich könnte mir vorstellen, das auch mit Silbermond zu machen. Ich glaube zwar nicht, dass ich wieder ins Vielseitigkeitsreiten will …« Sie kniff die Augen zusammen und versuchte, die schmerzhaften Bilder von Honeys Sturz auszublenden. »Aber Springreiten könnte ich mir mit Silbermond jedenfalls vorstellen. Zu allererst möchte ich jetzt aber einfach nur mit ihm zusammen Spaß haben.«

»Das klingt doch super«, meinte Finn lächelnd. »Besonders das mit dem Spaß haben. Fangen wir doch gleich damit an. Was möchtest du jetzt am liebsten machen?«

Alice schaute sich um, sah die untergehende Sonne am Horizont, die Ponys, die friedlich auf den Koppeln am Haus grasten, und wurde rot.

»Ich weiß, es klingt albern«, sagte sie leise, »aber ich wollte immer schon ohne Sattel über eine Wiese galoppieren …« Sie brach ab, und Finn grinste sie an.

»Na, dann komm!«, antwortete er mit einem Lachen, schwang sich gekonnt vom Pferd und hatte im Nu seinen Sattel entfernt. »Los geht's!«

Bevor Alice noch recht wusste, wie ihr geschah, lag Silbermonds Sattel neben dem von Archie im Gras, und Alice saß wieder auf Silbermond, nachdem Finn ihr hochgeholfen hatte. Sie durchstreiften das lange Gras der Wiese, als sie die Koppel verließen. Beide Ponys tänzelten unruhig, denn sie spürten, dass etwas Aufregendes passieren sollte. Alice folgte Finn entlang einer Reihe alter Walnussbäume. Am Hang hinter dem Haus erstreckte sich einladend eine breite Wiese bis nach oben.

»Wir haben das früher oft mit unserer Mutter gemacht«, rief ihr Finn lachend über die Schulter zu. »Wer als Erster oben ist!«

Adrenalin schoss plötzlich durch Alice' Körper, als Silbermond mit einem begeisterten Wiehern losgaloppierte. Sie wurden immer schneller, und Alice beugte sich tief über Silbermonds Hals. Als die Ponys in der warmen Brise Seite an Seite den Hang hinaufgaloppierten, lachte Alice laut auf. Dies war genau das, wovon sie geträumt hatte. Silbermond und sie, als wären sie eins, ohne jeglichen Druck. Warum hatte sie das denn nicht schon früher gemacht?

Alice lächelte immer noch, als sie mit Finn wieder zurück im Hof war und sie die Pferde abzäumten. Sasha kam mit dem Telefon in der Hand aus dem Haus gehumpelt.

»Deine Mutter hat angerufen«, erklärte sie. »Das Turnier hat verspätet angefangen, und ihre Klasse war noch nicht einmal an der Reihe.« Sie zuckte mit den Schultern. »Wir kennen ja die ständige Warterei. Jedenfalls hat sie gefragt, ob du noch zum Essen bei uns bleiben kannst.«

Alice versuchte, sich nicht zu sehr anmerken zu lassen, wie begeistert sie war, mehr Zeit mit Finn und Sasha verbringen zu können … besonders mit Finn!

Die Pferde der Ponyparade waren alle draußen auf der Koppel, wie in den meisten Sommernächten. Da Alice aber wusste, wie leicht Silbermond in jedem Zaun eine Schwachstelle finden konnte, brachte sie Archie und Silbermond lieber in den Stall. Das Stallgebäude erreichte man durch einen langen gepflasterten Durchgang, und als die Hufschläge inmitten der dicken Steinmauern widerhallten, stellte Alice sich all die Pferde vor, die hier wohl über Jahrhunderte hinweg schon entlanggeführt worden waren. Beim Passieren der Sattelkammer spähte sie hinein und entdeckte alles Mögliche an außergewöhnlicher Ausrüstung: altertümliche Damensattel, ausgefallene Kostüme und besonderes Zaumzeug. Alice wusste, dass all das bei den Vorstellungen eingesetzt wurde, und auch wenn manches aussah, als fiele es bald auseinander, waren die Sachen andererseits praktisch unersetzbar.

Finn beugte sich über die Stalltür, während Alice noch liebevoll ihr Pony versorgte.

»Ich wette, das hier ist ein ziemlicher Schock für dich, mein Junge, oder?« Finn streckte die Hand aus und tätschelte Silbermond. »Keine goldenen Eimer oder eigene Butler für dich hier!«

Alice warf Finn einen bösen Blick zu. Er schaffte es wirklich immer, sie zu provozieren!

»Wohl kaum«, erwiderte sie gereizt.

»Schon gut, beruhig dich, Alice im Palace!« Finn hob die Hände, und seine Augen blitzten. »Ich habe doch nur Spaß gemacht!«

Nun konnte Alice auch nicht anders, als zu lachen, und sie warf eine Handvoll Heu nach Finn. Allmählich hatte sie den Eindruck, dass sie sich wirklich kennenlernten, und das war ein richtig schönes Gefühl.

Am Abend aßen sie hinten im Garten Pizza. Es war unübersehbar, dass dieser Garten einmal sehr beeindruckend gewesen sein musste, auch wenn er jetzt eher einer Wildblumenwiese glich. Sasha saß in einem Liegestuhl und lagerte ihren Knöchel hoch, und Finn und Alice saßen auf einer Newmarket Wolldecke, die mit lauter Haaren übersät war.

»Das ist Robins Decke«, erklärte Sasha lachend. Robin war ihr Apfelschimmel. »Tut mir leid, normalerweise haben wir keine Gäste.«

»Es ist perfekt«, antwortete Alice, und das war es auch. Finns und Sashas Zuhause mochte nicht so modern oder luxuriös sein wie ihr eigenes, doch es war besonders und irgendwie romantisch.

Beim Essen erzählte Sasha ein paar Geschichten aus ihrer Zeit als Turnierreiterin, und Finn berichtete von den Fortschritten, die das neue Highlandpony Hope machte. Es sollte möglichst schon im nächsten Jahr bei den Vorführungen eingesetzt werden. Alice freute sich, ihn so zuversichtlich über die Zukunft reden zu hören. Die Zeit verging wie im Fluge, und es wurde spät, doch sie blieben weiter im Garten sitzen, Finn und Alice Seite an Seite.

Um neun Uhr abends war immer noch nichts von Josephine zu sehen. Sasha humpelte ins Haus, um Kaffee zu machen, und Finn streckte sich, während Lima sich neben ihm zusammenrollte.

»Wir bräuchten dringend Regen«, bemerkte er. »Der Boden wird zu hart für die …« Abrupt brach er ab und setzte sich aufrecht, einen Finger auf die Lippen gelegt.

»Hast du das gehört?« Er drehte sich zu Alice, die bei seinem besorgten Ton erschrak. Sie schüttelte den Kopf, aber Finn stand bereits auf und blickte sich suchend um.

Sasha war aus dem Haus zurückgekommen und balancierte drei Tassen auf einem Tablett. »Kaffee«, verkündete sie. Da war ein heftiger Schlag aus Richtung des Stallgebäudes zu hören, und sie ließ erschrocken das Tablett fallen.

# 17

Alle drei rannten, so schnell sie konnten, zu den Ställen, Alice' Atem ging stoßweise, und sie stellte sich schon das Allerschlimmste vor: Eine Explosion … das Dach stürzte ein, und Silbermond war gefangen. Als sie um die Ecke in den Hof kamen, wurden sie mit voller Wucht von der Hitze eines Feuers getroffen. Beißender Rauch füllte ihre Lungen und verursachte einen starken Hustenreiz. Das Heu brannte lichterloh, Flammen züngelten um die massiv gemauerte Türöffnung der Sattelkammer.

Einen Moment lang, der sich anfühlte wie eine halbe Ewigkeit, starrten alle drei voller Entsetzen auf das Feuer, bevor Sasha sich aus ihrer Versteinerung löste.

»Wir müssen die Feuerwehr rufen!«, schrie sie.

Alice kam ebenfalls wieder zur Besinnung, tastete in ihrer Tasche nach dem Handy und warf es Sasha zu. Danach rannte sie geradewegs zum Stall. Flammen leckten an den Mauern, kletterten immer höher und erfüllten den Durchgang mit Rauch. Ein ängstliches Wiehern drang durch das Knistern des Feuers, und Alice wusste, es kam von Silbermond.

»Nein, Alice!«

Finn versuchte, Alice' Arm zu fassen, doch sie schüttelte ihn ab und rannte weiter hinein in den Durchgang zu den Ponys. Die Hitze war unerträglich und ihre Augen brannten, während sie sich bemühte, vor sich etwas zu erkennen. Sie hörte hinter sich jemand rufen und merkte, dass Finn ihr gefolgt war.

»Nein!«, schrie sie. »Geh zurück!« Sie wedelte Finn hektisch zu, der inzwischen sein T-Shirt über den Mund gezogen hatte.

Finn holte sie ein. »Ich lass dich hier nicht allein«, schrie er. »Komm mit!«

Silbermond bewegte sich unruhig in seinem Stall, seine Seiten waren feucht vor Schweiß, die Adern an seinem Hals traten deutlich hervor. Archie war in seiner Box ganz nach hinten zurückgewichen und rollte die Augen. Er zitterte am ganzen Körper.

»Schnell, mach die Türen auf«, schrie Finn. »Dann finden sie schon ihren Weg hinaus.«

Das Knacken wurde lauter, und Alice schrie auf, als Silbermond in seiner Box hochstieg. Sie lehnte sich gegen die Tür, um sie zu öffnen, bemerkte dabei jedoch, dass Archie nur noch weiter zurückgewichen war. Er hielt den Kopf gesenkt, und es war, als sei er vor Furcht wie gelähmt. Wenn sie Silbermond jetzt einfach freiließ, würde Archie ihm wahrscheinlich nicht folgen, und dann müssten sie ihn eigenhändig herausziehen, was unmöglich wäre. »Los!« Finn hatte es geschafft, Archie das Zaumzeug über den Kopf zu ziehen, und bedeutete Alice nun hektisch, die Tür zu öffnen und Silbermond freizulassen. Er versuchte, Archie zur Stalltür zu führen, doch Archie hob voller Angst den Kopf und wich erneut zurück.

»Nein, warte!« Alice wusste, dass sie und Silbermond ihm hier helfen mussten. Sie schnappte sich Silbermonds Zaumzeug und versuchte verzweifelt, es ihm überzuziehen, während er angstvoll den Kopf warf, bis Alice es schließlich schaffte, den Riemen festzuziehen.

»Hör mal«, rief sie Finn zu und benutzte all ihre Kraft, um Silbermond an der Flucht zu hindern, als sie die Tür entriegelte. »Ich glaube nicht, dass Archie ihm folgt, wenn ich Silbermond loslasse. Dann ist Archie gefangen, und du bekommst ihn nicht alleine raus.«

»Alice, los!«, wiederholte Finn verzweifelt, ohne ihr zuzuhören.

»Ich lass dich hier nicht allein!«, schrie Alice. Sie würde nicht zulassen, dass Archie oder Finn etwas passierte.

Silbermond stieg jetzt wie ein wilder Hengst immer wieder auf die Hand, und das Weiße seiner Augen war zu sehen. In diesem Moment wusste Alice, was sie tun musste. Sie musste ihr ganzes Vertrauen in dieses Pony setzen, und Silbermond wiederum musste ihr vertrauen.

Beruhigend legte sie eine Hand auf seinen schweißnassen Hals. »Komm schon, mein Junge. Es heißt jetzt oder nie.«

Alice führte ihn zu Archies offener Stalltür. Irgendwie schaffte sie es, Silbermond dort zum Stehen zu bringen.

»Komm, mein Junge, ganz ruhig«, versuchte Finn wiederum Archie zu ermutigen, nachdem er gemerkt hatte, dass Alice versuchte, Archie mit Silbermonds Hilfe herauszulocken. Alice legte eine Hand auf Silbermonds Brust und drängte ihn sanft zurück in die Box, so dass Archie seinen Freund sehen konnte. Silbermond wieherte, und Archie erwiderte das Wiehern mit einem dünnen ängstlichen Laut. Ein neuerliches Krachen ertönte, daraufhin schoss Silbermond ein Stück aus der offenen Tür. Archie stieg so heftig, dass er beinahe seinen Führstrick abgerissen hätte.

»Er will einfach nicht!«, schrie Finn entsetzt.

Sekunden fühlten sich an wie Stunden. Eine verzweifelte Entschlossenheit machte sich in Alice breit. Irgendwie hatte sie immer noch Silbermonds Führstrick in der Hand. Sie schrie auf, als einer der Dachsparren, ein riesiger alter Balken, in den Durchgang stürzte. Es war gerade noch so viel Platz, dass man vorbeikommen konnte, wurde Alice voller Entsetzen klar. Sie mussten sich beeilen.

»Ruhig, ruhig!«, rief sie und versuchte, ihre Panik nicht in ihrer Stimme mitklingen zu lassen. Sie tätschelte

Silbermond und sang ihm ganz laut vor, genau wie damals, als er als Fohlen in einen Graben geraten war.

Silbermond rollte die Augen, seine Nüstern waren weit aufgebläht, aber er blieb, wo er war. Erneut wieherte er seinem Freund Archie zu und schien das schwarze Pony tatsächlich zur Vernunft zu bringen. Zögernd machte es einen Schritt nach vorn.

»Braver Junger«, lobte Finn, als Archie die Tür erreichte.

Die beiden Ponys berührten sich mit den Nasen, und Alice hätte schwören können, dass Silbermond seinem Freund sagte, er solle ihm folgen.

»Okay«, rief Finn grimmig. »Bringen wir sie raus.«

Alice nickte und ging hinaus. Dabei zog sie ihr T-Shirt hoch über den Mund, so wie Finn es getan hatte. Der Durchgang war voller Rauch. Archie und Finn waren gleich hinter ihnen, und obwohl Silbermond schnaubte und fluchtbereit war, blieb er neben Alice.

*Wumm!*

Ein weiterer Balken stürzte herab und landete zwischen den beiden Ponys. Archie wieherte voller Furcht auf, als Silbermond auch schon vorwärtsdrängte, der Führstrick zerrte an Alice' Händen. Hufschläge hallten auf dem Pflaster, und auf einmal drängte sich Archie durch die schmale Lücke zwischen Silbermond und der Mauer in die Freiheit. Alice ließ Silbermond los, und mit rollenden Augen folgte er seinem Freund hinaus in den Hof. Es waren nur noch ein paar Schritte zwischen Alice und der Freiheit, aber bei einem Blick zurück schrie sie entsetzt auf, denn Finn lag von dem Balken getroffen auf dem Boden.

Sie rannte zurück und kauerte sich neben ihn, während er versuchte, sich aufzusetzen. Sein linkes Auge war geschlossen, Blut lief über sein Gesicht. Alice war klar, dass sie ihn herausholen musste. Sie nahm all ihre Kraft zusammen, um Finn hochzuziehen, legte seinen Arm über ihre Schultern und drängte ihn, sich zu beeilen, als auch schon ein weiterer brennender Balken über ihnen knirschte. Humpelnd hielten sie einander fest und schafften es gerade noch hinaus auf den Hof, schnappten verzweifelt nach frischer Luft, als der Hauptbalken genau hinter ihnen herabstürzte und den Durchgang völlig versperrte.

»Ihr Idioten! Ihr verdammten Idioten!«

Sasha humpelte, so schnell sie konnte, über den Hof und führte dabei sowohl Silbermond als auch Archie. Sie reichte Alice die Führstricke, und es sah so aus, als wolle sie Finn schütteln, doch stattdessen schlang sie ihre Arme um ihn und umarmte ihn ganz fest, bevor sie sich voller Entsetzen wieder zurückzog, als sie sein Auge bemerkte.

»O mein Gott! Ich rufe den Notarzt!«

»Mir geht's gut«, stieß Finn hervor und wischte sich das Blut vom Gesicht.

Zu Alice' Erleichterung hatte er sein linkes Auge inzwischen geöffnet, und der darüber klaffende Schnitt schien nicht allzu groß zu sein.

Finn versuchte jetzt, allein zu stehen. »Ich muss los und nach den anderen Ponys sehen. Bestimmt haben sie den Lärm auch gehört und haben Angst.« Und noch bevor irgendjemand ihn aufhalten konnte, humpelte er in Richtung der Koppeln.

Alice hielt weiter die beiden Ponys fest, und Sasha war mit ihrem verletzten Knöchel nicht in der Lage, sich groß zu bewegen. So standen sie inmitten des alten Hofes und mussten zusehen, wie die Flammen immer höher schlugen, der orangefarbene Schein spiegelte sich in den Augen der Ponys.

Sasha drehte sich mit funkelnden Augen zu Alice. »Ihr beide seid wirklich so unglaublich leichtsinnig! Was habt ihr euch nur gedacht?«, rief sie aus. Dann hielt sie inne und schüttelte den Kopf. »Finn wäre natürlich sowieso hineingegangen«, sagte sie und legte eine Hand auf Alice' Arm. »Er hätte nicht zugelassen, dass den Ponys irgendetwas passiert. Oder auch dir, Alice. Ganz besonders dir nicht.«

Hufgeklapper ertönte, als Finn auf Horatio herangaloppiert kam.

»Hope und Robin sind fort!«, schrie er und hielt vor Sasha und Alice an.

»Fort?«, rief Sasha entsetzt. »Was meinst du mit ›fort‹? Sind sie ausgebrochen?«

Finn schüttelte den Kopf und lenkte sein Pony zur Einfahrt. Er war barfuß, und Blut rann ihm übers Gesicht. »Nein«, antwortete er grimmig. »Aber ich glaube, ich weiß, was passiert ist.«

Noch bevor ihn jemand aufhalten konnte, galoppierte er die Einfahrt hinab zur Straße, als Alice auch schon in der Ferne das Heulen von Sirenen hören konnte.

»Komm mit!«, rief Sasha und humpelte, so schnell sie mit ihrem verletzten Knöchel konnte, hinter ihm her, nahm Alice den Führstrick von Archie aus der Hand und stützte sich beim Laufen an dem schwarzen Pony ab. Natürlich wollte Silbermond keinesfalls zurückbleiben, also hatte Alice keine andere Wahl, als ebenfalls sofort mitzukommen. Am Ende der Einfahrt angekommen, dauerte es einen Moment, bis ihnen klar wurde, was sie da sahen.

Finn und Horatio standen auf der Straße und blockierten einen weißen Pferdetransporter. Alice blieb der Mund offen stehen, als sie Marcus auf dem Fahrersitz erkannte. Neben ihm saß der blonde Mann, mit dem er kürzlich auf dem Hof gewesen war. Marcus umklammerte das Steuerrad und starrte wütend auf Finn. Die Sirenen kamen immer näher, und ein Feuerwehrauto raste heran, gefolgt von zwei Polizeiautos, so dass Marcus' Pferdetransporter nun völlig blockiert war.

Alice kam sich vor wie in einem Film und wich mit Silbermond zur Seite, als die Polizisten aus ihren Autos stiegen.

»Die gehören mir ... sehen Sie sich die Pässe an!«, protestierte Marcus lautstark, schon während er aus der Fahrerkabine stieg. »Schauen Sie es sich an!«, forderte er. »Da steht mein Name!«

Sasha ging wütend auf Marcus los. »Du Lügner! Ich habe für die Pferde bezahlt, das weißt du genau!«

»Davon weiß ich gar nichts«, entgegnete Marcus selbstgefällig. »An diesem offiziellen Dokument gibt es nichts auszusetzen.«

»Du warst es also, nicht wahr?«, sagte Finn langsam und schwang sich vom Pferd. »Du hast die Pässe gestohlen, während Sash im Krankenhaus war. Nicht einmal von dir hätte ich erwartet, dass du so tief sinkst, Marcus!«

»Als ob du das beweisen könntest«, fuhr Marcus ihn an. »Ich war ein Geschäftspartner. Ich durfte die Pässe nehmen!«

»Du warst niemals ein Geschäftspartner, und ich habe dich gefeuert!«

Plötzlich fiel Alice etwas ein. »Du bist extra zu Fergus' Bruder gefahren und hast ihn gebeten, die Papiere auf dich umzuändern«, stieß sie atemlos hervor. »Sasha wusste davon gar nichts, nicht wahr?«

Bei der Erwähnung dieses möglichen Betrugs, merkten die Polizisten sehr interessiert auf und gingen auf Marcus zu, der finster dreinsah.

»Warum hast du denn nicht auf mich gehört, Sasha?«, zischte er. »Du hast alles in dieses alberne Team gesteckt und von der Hand in den Mund gelebt, während du gleichzeitig auf einem Vermögen sitzt! Warum hast du dich mit etwas so Nutzlosem wie der Ponyparade abgegeben?«

»Finn hatte recht, nicht wahr?«, sagte Sasha langsam. »Du hast dich gar nicht um Buchungen für uns bemüht. Hat irgendeiner der Veranstalter wirklich unsere Auftritte storniert, oder warst das auch du?«

»Es brauchte nicht viel«, erwiderte Marcus wütend. »Ein paar Telefonanrufe. Und du hast dich trotzdem noch geweigert, deine jämmerliche Wahnidee aufzugeben, zusammen mit deinem verrotteten alten Hof und deinem bescheuerten Bruder«, fügte er hinzu und starrte Finn wütend an.

»Also warst du das, der das Feuer auf dem Hof gelegt hat«, stieß Sasha hervor und schlug entsetzt die Hand vor den Mund.

»Als ob du das beweisen könntest.« Marcus hatte mit Blick auf die Polizei die Stimme gesenkt. »Wenn du bloß nachgegeben hättest, Sasha, dann hätte nichts von all dem passieren müssen!«

»Niemals!«, erwiderte Sasha mit hocherhobenem Haupt. »Die Ponyparade war der Traum meiner Eltern und ist inzwischen auch meiner. Du bist völlig verrückt, wenn du dachtest, du könntest uns daran hindern.«

Sasha legte einen Arm um Finn und drehte Marcus den Rücken zu. »Komm jetzt, Finn«, sagte sie mit klarer, starker Stimme. »Gehen wir nach Hause.«

Die Polizei erlaubte Sasha und Finn, die sichergestellten Pferde auf den Hof zu bringen, wo die Feuerwehr das Feuer inzwischen fast völlig gelöscht hatte. Das Heu war zu einem Haufen schwarzer rauchender Ballen geschrumpft und das Innere der Sattelkammer zerstört. Zum Glück hatte das Gebäude selbst keinen ganz so starken Schaden davongetragen, abgesehen von den Holzbalken. Alice schauderte beim Anblick des riesigen Balkens, der im Durchgang lag. Er musste tonnenschwer sein und hätte sie auf der Stelle töten können.

»Es lag an diesen massiven Steinmauern«, stellte einer der Feuerwehrleute fest, der das Gebäude studierte. »Wenn die aus Holz gewesen wären, dann wäre jetzt alles verbrannt. So müssen zwar die Dachsparren neu gesetzt werden, aber die Mauern sind intakt.«

»Ja«, sagte Sasha und brach prompt in Tränen aus,

weshalb der Feuerwehrmann verlegen von einem Fuß auf den anderen trat.

Finn legte den Arm um seine Schwester. »Komm, Sash.«

Alice dachte an all die schönen Dinge in der Sattelkammer, die für immer verloren waren. Sie wusste, Sasha und Finn konnten es sich nicht leisten, die verbrannten Sachen zu ersetzen. Das würde nun vielleicht doch das Ende der Ponyparade bedeuten.

»Komm«, wiederholte Finn und lenkte Sasha in Richtung der Koppeln. Sie folgte ihm ohne ein Wort, wie ein Zombie. »Bringen wir die Ponys raus.«

Alice hielt immer noch Silbermonds Führstrick fest und sah zu, wie Finn und Sasha die von Marcus gestohlenen Pferde wieder auf die Koppel brachten. Sasha umarmte Robin ganz fest und barg ihr Gesicht in seiner Mähne, bevor sie mit Finn wieder zurück zum Hof ging.

Das Geräusch eines Pferdetransporters war jetzt in der Einfahrt zu hören. Es war Josephine, deren Augen sich bei dem Bild, das sich ihr bot, entsetzt weiteten. Sie sprang aus der Fahrerkabine und rannte geradewegs zu Alice. Silbermond wieherte beim Anblick von Alice' Mutter, und Alice merkte, wie erleichtert sie war, ihre Mutter zu sehen. Erst jetzt wurde ihr langsam bewusst, wie knapp sie einer Katastrophe entkommen waren.

»Mum …«, begann sie, bevor das Scheinwerferlicht

des Feuerwehrwagens vor ihren Augen zu verschwimmen begann. Silbermonds Führstrick glitt ihr aus der Hand, und sie klappte einfach zusammen.

Alice war sich bewusst, dass die Arme ihrer Mutter um sie lagen und Silbermond ruhig neben ihr stand. Josephine strich Alice sanft das rußige Haar aus dem Gesicht. »Was ist denn passiert?«, fragte sie besorgt.

»Silbermond, Archie … wir mussten sie retten«, stieß Alice hervor, und Josephine umarmte sie ganz fest.

»Sie sind sehr wertvoll«, stimmte ihre Mutter zu. »Aber Alice, du bist wertvoller als alles andere auf der Welt.« Sie legte ihre Wange auf Alice' Stirn. Das einzige andere Mal, dass Alice ihre Mutter so gesehen hatte, war nach dem Unfall mit Honey gewesen, als sie drei Tage lang an ihrem Bett gesessen hatte. »Ich hätte es nicht ertragen, wenn dir irgendetwas zugestoßen wäre.«

Sasha saß auf einem umgedrehten Eimer, den Kopf in die Hände gestützt.

»Jetzt musst du Dad doch anrufen …« Finn saß auf dem Boden, nachdem die Sanitäter den Schnitt über seinem Auge versorgt hatten. »Du hast keine andere Wahl.«

»Du hast recht«, sagte Sasha resigniert. »Ich werde ihn gleich morgen früh anrufen.« Sie blickte auf das rußgeschwärzte Gebäude und begann wieder zu weinen.

»Es tut mir so leid, Finn«, flüsterte sie. »Ich habe mein Bestes gegeben.«

Plötzlich wirkte Sasha sehr jung. Alice stand schweigend bei den Ponys, während Finn versuchte, seine Schwester zu trösten.

# 18

Am nächsten Morgen erwachte Alice früh nach einer unruhigen, schlaflosen Nacht, in der ihr immer wieder die Ereignisse des Abends durch den Kopf gegangen waren. Vor dem Verladen ihrer Ponys hatten sie sich noch überzeugt, dass mit Sasha alles in Ordnung war und die Pferde von Rookham Manor auf ihren Koppeln in Sicherheit waren. Finn war ins Krankenhaus gebracht worden, um dort auf Gehirnerschütterung untersucht zu werden.

Sobald Silbermond und Archie wieder zu Hause waren, kam der Tierarzt des Notdienstes, um die beiden zu untersuchen. Josephine hatte ihre Pläne für die kommenden Tage geändert und gleich am nächsten Morgen Samantha angerufen, um sie über Archies Abenteuer und seinen Zustand zu informieren. Samantha war sofort mit einigen Tüten voller Karotten für die Ponys vorbeigekommen. Alice hatte sich schließlich in der Küche Finns Nummer herausgesucht und den Mut aufgebracht, ihm eine Nachricht zu schreiben.

*Wie geht es dir, Sasha und den Ponys? Hier ist übrigens Alice.*

Sie überlegte noch einen langen Moment, ob sie ein X

als Küsschen am Ende dazusetzen sollte, entschied sich dann aber dagegen. Er antwortete bereits wenige Minuten später.

*Ziemlich kaputt, aber keine Gehirnerschütterung. Die Polizei war den ganzen Morgen da. Kann ich später vorbeikommen und nach Archie sehen? Ich möchte sicher sein, dass es ihm gutgeht. X*

Alice verspürte ein Kribbeln im Bauch, als sie das Küsschen am Ende bemerkte, und antwortete sofort.

*Klar, er freut sich bestimmt, dich zu sehen. X*

Und ich auch, dachte sie, aber das schrieb sie lieber nicht.

Die Atmosphäre auf dem Hof wurde ernst, als Alice dann Samantha erzählte, was am Vorabend alles passiert war. Auch wenn der Tierarzt sowohl Archie als auch Silbermond bescheinigt hatte, dass es ihnen gutging, empfahl er, dass die beiden sich ein paar Tage ausruhen sollten, besonders Archie, der immer noch unruhiger als sonst war.

Ihre Unterhaltung wurde durch die Ankunft von Finn und Sasha unterbrochen. Finn war offensichtlich erleichtert, Archie wohlbehalten zu sehen, und das schwarze Pony wieherte freudig. Finns Auge hatte sich bereits dunkellila verfärbt, die Wunde war aber ordentlich genäht.

»Was sind denn die neusten Nachrichten?«, fragte

Josephine mitfühlend. Sasha war immer noch sehr blass und ihre Augen gerötet vom Weinen, da legte Samantha voller Anteilnahme ihre Arme um beide Geschwister.

»Marcus ist verhaftet worden. Die Anklage lautet Diebstahl, Brandstiftung und Betrug, alles zusammen«, erklärte Finn grimmig. »Er hatte die Pässe gestohlen und sich als Eigentümer von Robin und Hope eintragen lassen. Die Polizei fand Nachrichten, die er an diesen Kerl namens Nick geschickt hat. Darin hatten sie sich für diesen Abend am Hof verabredet, um das Heu anzuzünden, damit sie die Ponys stehlen konnten. Ich glaube nicht, dass er die Tiere absichtlich verletzen wollte, aber das Feuer hatte er geplant.«

»Wie entsetzlich!« Alice schüttelte fassungslos den Kopf. »Aber das erklärt jedenfalls, wo die Pässe hingekommen sind«, fügte sie hinzu, als sie sich daran erinnerte, dass Finn sie nicht hatte finden können.

Finn nickte. »Genau«, bestätigte er grimmig. »Es wird jedoch noch schlimmer. Als die arme Sasha im Krankenhaus lag, hat Marcus tatsächlich alle Veranstalter angerufen und unsere Vorführungen abgesagt.«

»Wieso das denn?« Josephine klang verblüfft, als könne sie nicht verstehen, dass jemand so etwas tat.

»Weil er gierig war«, flüsterte Sasha. »Er hat mich nie geliebt! Alles, was er liebte, war mein Besitz. Als ich die Ponyparade nicht aufgeben wollte, hat er versucht, alles zu ruinieren. Das Feuer war der letzte Versuch, uns in die Knie zu zwingen, und ich fürchte, er hat es geschafft. Marcus wollte das Feuer im Stall legen, damit wir auf keinen Fall auf der Koppel wären, wenn er die Ponys holte, und das Heu war ein leichtes Ziel. Er wusste, dass unsere Pferde draußen waren, aber er wusste nicht, dass Silbermond und Archie bei uns im Stall standen.« Sie schauderte.

Jetzt lächelte sie Finn traurig an. »Finn hat Marcus lange vor mir durchschaut«, stellte sie bedauernd fest. »Es tut mir so leid.«

Finn schüttelte den Kopf. »Schon okay«, sagte er. »Ich hatte einfach von Anfang an so ein Gefühl, dass er nicht mit offenen Karten spielt.«

»Was passiert denn jetzt?«, fragte Alice leise.

»Tja, wahrscheinlich war es das jetzt«, sagte Finn und rieb sich die Stirn, als Sasha ihre Hand auf seine Schulter legte. »Unmöglich können wir es uns leisten, die Pferde zu behalten. Wie sollen wir denn weitermachen?« Es gab eine lange Pause, und Alice bemerkte, dass Tränen in Finns Augen standen.

»Wir werden sie wohl verkaufen müssen«, sagte Sasha schließlich, und ihre Stimme war rau. »Ich habe meinen Vater angerufen, ihn aber nicht erreicht. Natürlich habe ich ihm Nachrichten hinterlassen, aber ich weiß nicht, was wir sonst noch tun können.«

Ein paar Tage später striegelte Alice ihr Pony im Hof vor dem Stall. Silbermond drehte den Kopf, um liebevoll am Ärmel ihrer Bluse zu knabbern, und sie lächelte ihn an. Seit dem Feuer hatte sich etwas in ihrer Beziehung verändert. Silbermond hatte ihr vertraut, als es wirklich darauf ankam, und umgekehrt hatte sie ihm vertraut.

In diesem Moment fuhr ein Geländewagen vor, und Samantha stieg strahlend aus. »Hallo Alice!«, rief sie fröhlich, bevor sie jedes Pony im Stall begrüßte.

Samantha wurde begleitet von zwei völlig gleich aussehenden Mädchen. Sie trugen sogar identische Kleidung – Reithosen und T-Shirts, auf denen glitzernde Hufeisen aufgedruckt waren. Alice winkte ihnen zu, und die Mädchen lächelten schüchtern zurück.

»Alice, das sind meine Mädchen, Claudia und Phoebe!«, sagte Samantha. »Sie werden die Ponys eines Tages reiten.«

Alice lächelte die Zwillinge an. »Ihr habt ja solches Glück. Eure Mum hat supersüße Ponys für euch ausgesucht. Finn hat sie schon sehr gut zugeritten.«

»Genau zu ihm wollten wir auch!«, rief Samantha aus. »Ist er hier?«

Alice schüttelte den Kopf und warf einen Blick auf ihre Uhr. »Aber Sasha bringt ihn bald«, erklärte sie, und Samantha klatschte zufrieden in die Hände.

»Ich muss ihn nämlich etwas fragen. Ich habe jetzt

schon eine ganze Weile darüber nachgedacht!«, sagte sie. Und dann erzählte sie Alice, dass sie eine riesige Party zum achten Geburtstag der Zwillinge plante, die in ein paar Wochen stattfinden sollte. »Und wir wollen, dass die Ponyparade die Hauptattraktion ist!«, sagte sie lächelnd.

»Wir können leider nicht«, sagte Finn und verzog bedauernd das Gesicht, als Samantha ihm später am Nachmittag von ihrer Idee erzählte. »Ich meine, wir würden liebend gern, aber unser Team existiert ja nicht mehr. Das Feuer hat unsere Ausrüstung und Kostüme zerstört.«

»Ich weiß«, sagte Samantha. »Aber lasst mich doch helfen! Ich kann neue Kostüme und Sattelzeug besorgen. Ich weiß, es wird nicht das Gleiche sein, aber ich gebe mein Bestes! Die Mädchen sind schon so aufgeregt und reden von nichts anderem, seit ich ihnen Videos von euren Vorführungen gezeigt habe.« Sie holte kurz Luft und lächelte Finn gewinnend an. »Und ich würde euch natürlich auch ein sehr gutes Honorar bezahlen. Ich habe schon bei allen Gelegenheiten von euch erzählt … bei den Wohltätigkeitsveranstaltungen und sonstigen Einladungen, auf denen ich immer bin. Alle möchten euch gern sehen!«

Alice bemerkte einen winzigen Hoffnungsschimmer

in Finns Augen. »Wirklich?«, fragte er nach und klang immer noch zweifelnd.

»Auf jeden Fall!«, versicherte sie. »Ich weiß genau, sobald sie euch einmal gesehen haben, seid ihr für Monate ausgebucht. Sagt mir einfach, was ihr braucht, und ich besorge es.« Sie blinzelte Alice verschwörerisch zu. »Ich freue mich über jede Entschuldigung, um shoppen zu gehen!«

Finn öffnete den Mund und schloss ihn dann mit traurigem Gesichtsausdruck wieder.

»Wir können trotzdem nicht«, antwortete er unglücklich. »Auch wenn Marcus ein Schuft war, reiten konnte er wirklich gut. Und Molly hat inzwischen einen anderen Job. Es sind nur noch Sasha und ich übrig.«

»Wie wäre es mit mir?« Fergus kam mit einem Grinsen aus dem Stall. »Ich kann zwar nicht das, was Marcus gemacht hat, aber ich war als Kind im Gymkhanateam. Ich brauche lediglich ein Pferd, das groß genug für mich ist!«

Der Hoffnungsschimmer kehrte wieder in Finns Augen zurück. »Also meinst du, du kannst immer noch voltigieren und einfache Stunts zeigen?«, fragte er langsam.

Fergus lachte leise auf. »Ich denke schon«, antwortete er, »mit etwas Übung.« Dann lächelte er. »Aber natürlich seid ihr, deine Schwester und du, die Stars. Ihr zeigt die ausgefallenen Kunststücke. Ich bleibe einfach im Hintergrund.«

»Okay«, sagte Finn, und ein Grinsen breitete sich langsam auf seinem Gesicht aus. »Was ist mit dir, Alice?«

»Mit mir?« Alice sah ihn verblüfft an, und Finn lachte.

»Warum denn nicht?«, sagte er.

»Ja, warum denn nicht!« Alice machte fast einen Luftsprung. Dann sank ihre Zuversicht wieder. »Nein, wartet … meine Mutter«, sagte sie leise. Ihre Mutter würde sie bestimmt nicht mitmachen lassen.

»Lass mich mit ihr reden!« Samantha blinzelte ihr zu, und sie klang so zuversichtlich, dass in Alice Hoffnung aufkeimte. Wenn ihre Mutter wirklich ja sagen würde, dann wäre das der Höhepunkt des ganzen Sommers!

»Super!« Finn grinste. »Noch jemand?«

»Wie wäre es mit mir?« Shelley kam mit einem Grinsen um die Ecke, und Finn klatschte in die Hände.

»Perfekt!«

Plötzlich war er voller Begeisterung. Sie hatten noch zwei Wochen bis zur Geburtstagsparty der Zwillinge, und da die Turniersaison gerade zu Ende ging, hatten sie genug Zeit zum Üben.

Zur Überraschung aller war Josephine mit Alice' Teilnahme einverstanden!

Ihre Mutter lächelte. »Sicher. Warum denn nicht? Finn hat uns geholfen, da helfen wir ihm natürlich auch. Aber du musst deine Reitkappe tragen und die ganze Zeit im Sattel bleiben!« Dabei blickte sie nachdrücklich zu Finn.

Alice konnte es kaum glauben und nickte wortlos. Sie war mit allem einverstanden, wenn das bedeutete, dass sie bei der Ponyparade mitreiten durfte!

# 19

Gleich am nächsten Tag gingen Samantha und Sasha Stoffe einkaufen. Eine Schneiderin, die Samantha kannte, würde neue Kostüme nähen. Josephine hatte es geschafft, einen sehr schönen Damensattel von einer ihrer alten Turnierlehrerinnen zu borgen. Und obendrein war neues Zaumzeug für die Ponys bestellt worden – silbern verziert!

»Der Wahnsinn!« Sasha strahlte, als sie die Tüten voll mit Stoffen in allen Farben aus Samanthas Wagen luden. »Wir werden noch tausendmal besser aussehen als vorher!«

Sasha hatte langsam wieder zu ihrem früheren Selbst zurückgefunden. Marcus war zwar nach der Vernehmung entlassen worden, aber der Termin für die Gerichtsverhandlung stand bereits fest, nachdem die Kriminaltechnik offiziell bescheinigt hatte, dass das Feuer absichtlich gelegt worden war. Aus der Nummer kann er sich jedenfalls nicht mehr so leicht rausreden, dachte Alice, froh, dass endlich Gerechtigkeit herrschen würde.

»Genau so … ganz leicht … jetzt im starken Trab!«, rief Finn seitlich an der Koppel auf Rookham Manor, während Fergus, Alice und Shelley für die Vorführung trainierten. Finn hatte eine ganz neue Nummer entwickelt, die auf verschiedenen Märchen aufbaute. Sasha und er führten die schwierigen Stunts aus, aber Fergus, Alice und Shelley mussten trotzdem eine komplizierte Figurenfolge aus verschiedenen Dressurlektionen lernen. Alice und Shelley ritten die beiden gleich aussehenden Dalesponys Jack und Jill.

Es war auch noch ein anderes Problem aufgetreten. Fergus hatte kein Pferd. Das Vollblut, das Marcus immer geritten hatte, lahmte momentan, nachdem es während des Feuers auf dem harten Boden losgaloppiert war. Das ganze Team wurde abermals von Josephine überrascht, denn diese bot eine bislang nicht in Erwägung gezogene Lösung an.

»Wie wäre es mit Lachlan?«, sagte sie beim Frühstück und während sie eine Fachzeitschrift durchblätterte. »Er ist meiner Meinung nach genau richtig für diese Aufgabe.«

Alice sah ihre Mutter ungläubig an. »Wirklich?«, fragte sie nach und glaubte ihren Ohren nicht zu trauen. Lachlan war Josephines wertvollstes Pony, das mit vielen Preisen ausgezeichnet war. Da Josephine ihn schon als Jährling bekommen hatte, wusste Alice, dass der sechzehnjährige Highland der Liebling ihrer Mutter war.

Josephine nickte. »Warum denn nicht?«, sagte sie. »Dem alten Jungen wird es bestimmt Spaß machen. Danach heißt es allerdings wieder zurück zum Alltag, Alice. Und vergiss nicht, dass er seine Turnierzeit noch nicht beendet hat. Wir haben immer noch zwei Wettbewerbe vor uns: Pferd des Jahres und Olympia. Aber wenn wir schon dabei sind«, fuhr ihre Mutter mit funkelnden Augen fort, »sobald er mit den Turnieren durch ist, können wir uns richtig auf Silbermond konzentrieren. Ich denke, er könnte irgendwann sogar noch besser werden als Lily.«

Mit schlechtem Gewissen nickte Alice. Sie hätte ihrer Mutter gern gestanden, dass das so nicht passieren würde, aber jetzt war nicht der richtige Zeitpunkt. Sie schwor sich, mit ihrer Mutter zu reden, sobald die Geburtstagsparty vorbei war.

Unter Finns Anleitung begannen Alice, Fergus und Shelley langsam wie ein richtiges Team auszusehen. Sie galoppierten absolut synchron nebeneinander, ihre Wege kreuzten sich genau in der Mitte der Arena, und danach galoppierten sie die lange Seite entlang.

»Und wenn ihr dann erst alle eure Kostüme tragt, wird es sogar noch besser aussehen«, schwärmte Finn, als sie eine Pause machten. Er blickte sich nachdenklich um, dann leuchtete sein Gesicht auf. »Ich hab's!«, rief er begeistert.

»Was denn?«, fragte Alice und nahm einen großen Schluck aus der Wasserflasche. Diese Art von Reiten machte durstig.

»Wie wir daraus die allerbeste Vorführung machen können«, antwortete Finn. »Wie wäre es, wenn wir Silbermond noch mit dazunehmen?«

Alice sah ihn nur an. »Silbermond?«, wiederholte sie und fragte sich, ob Finn jetzt völlig übergeschnappt war. Silbermond, das Pony, das sich beim letzten Turnier völlig verweigert und obendrein noch einfach die Flucht ergriffen hatte?

Finn lachte. »Genau, Silbermond«, bestätigte er.

Alice schluckte. »Aber wie stellst du dir das denn vor?«

»Wir schmücken ihn total silbern, und du brauchst ihn nur durch die Arena traben zu lassen, nichts weiter«, sagte Finn. »Das schaffst du, Alice.«

»Ja, Alice, das klappt!« Shelley grinste, und Alice stimmte zögernd zu.

»Denk an das Feuer«, sagte Finn leise, nur zu ihr. »Er vertraut dir. Du musst ihm nur zeigen, was du von ihm willst.«

Und so wurde auch Silbermond ein Teil der Vorführung, und Alice musste zugeben, dass das Training gut lief. Seit dem Brand war sie im Umgang mit ihrem Pony viel selbstsicherer geworden. Inzwischen hatte sie Silbermond schon auf den Feldern rund um den Hof ohne jegliche Pannen geritten. Aber mit ihm an der Vorführung teilzunehmen war etwas ganz anderes. Finn schien sicher zu sein, dass es klappen würde. Sie musste ihm wohl vertrauen, ihm und Silbermond.

Samantha kam am Nachmittag vor der Party mit den fertigen Kostümen. Sasha bekam einen neuen Umhang mit einem Regenbogen aus farbigen Pailletten, und Fergus sah in einer weißen Tunika richtig gut aus. Alice und Shelley hatten identische Outfits: rote Tuniken, die mit silberfarbenen Pailletten besetzt waren. Sie hatten sogar silberfarbene Überzüge für ihre Reitkappen. Finn trug einen dunkelgrünen Umhang, und sein Hut war mit Pfauenfedern besetzt.

»Du bist ja gar nicht in Schwarz!«, stellte Alice überrascht fest.

»Nein, denn ich bin jetzt nicht mehr der Bösewicht.« Finn lachte und strahlte Alice dann so an, dass sie richtige Schmetterlinge im Bauch bekam.

Alle auf dem Hof freuten sich und waren aufgeregt zugleich, als die Ponys des Teams gebadet wurden, mit Finns Hilfe sogar Silbermond. Die Ponys würden am nächsten Morgen in Josephines Transporter zu Samanthas Haus gebracht werden, so dass Finn, Sasha und die Pferde gleich hier über Nacht blieben.

Nach dem Abendessen ging Alice noch hinaus, um

Silbermond gute Nacht zu sagen. »Morgen ist ein großer Tag, mein Süßer«, flüsterte sie ihm ins Ohr, und er hörte auf, sein Heu zu kauen, und blies sanft in ihr Haar. »Für uns alle beide«, fügte sie nach einer Pause hinzu und erinnerte sich an ihren Vorsatz, nach der Vorstellung mit ihrer Mutter über Silbermonds Zukunft zu sprechen. Sie musste morgen alles richtig machen, sowohl für Finn als auch für Silbermond.

»Ach du liebe Güte …« Sasha sah sich mit großen Augen um, als der Transporter langsam in eine Einfahrt fuhr, deren Tore automatisch geöffnet wurden.

Alice verstand Sashas erstaunten Ausruf. Samanthas Haus war mit nichts vergleichbar, was sie je zuvor gesehen hatte: eine riesige Villa, umgeben von ordentlich gemähtem Rasen, einem Swimmingpool und einem Tennisplatz. Eine Wiese hinter dem Haus war für die Party hergerichtet, einschließlich eines rosa-weiß gestreiften Zirkuszelts und einer großen, mit Seilen abgetrennten Arena für die Vorstellung.

Alice bemerkte sofort den brandneuen Stallbereich links vom Haus. Glückliche Ponys!, dachte sie.

Samantha hatte gezeigt, dass sie ein hervorragendes Auge für gute Ponys hatte, und war obendrein unglaublich nett. Auch wenn sie selbst es nicht erwähnt hatte: Finn hatte Alice erzählt, dass Samantha das ganze verbrannte Heu hatte ersetzen lassen. Und jetzt würde sie hoffentlich helfen, die Ponyparade zu retten.

Fröhlich eilte Samantha nun zu ihnen und umarmte alle. »Hallo! Wir sind alle so aufgeregt! Bitte bringt die Ponys herein, damit sie sich eingewöhnen können.« Sie deutete auf die Ställe. »Ihr seid nach dem Mittagessen an der Reihe. Ist das in Ordnung?«

»Bestens«, antwortete Sasha lächelnd.

Damit hatten sie eine Stunde, um sich fertigzumachen. Die Ponys wurden abgeladen und sahen sich interessiert um, als sie in die Ställe geführt wurden. Silbermond wieherte laut und tänzelte übermütig die Rampe herab, und einen Moment lang fragte sich Alice, ob es eine gute Idee gewesen war, ihn ins Team zu stecken. Doch Finn lächelte ihr aufmunternd zu, also holte sie tief Luft, beruhigte den hübschen Schimmel und gab ihm die Zeit, sich in Ruhe an seine neue Umgebung zu gewöhnen.

Während der nächsten Stunde waren sie vollauf mit den Vorbereitungen beschäftigt. Allen Ponys hatte man Bänder in ihren Schweif geflochten, und Josephine hatte Sasha sogar erlaubt, ein wenig Glitzer über Lachlans Fell zu verteilen, und lediglich angemerkt, sie hoffe, es würde sich rechtzeitig vor dem Wettbewerb zum Pferd des Jahres wieder herauswaschen. Alice stellte fest, dass ihre Mutter ausgesprochen entspannt war. Vielleicht taten diese Veränderungen ihr genauso gut wie Silbermond!

Alice tätschelte ihr Pony, das sein neues silberbeschlagenes Zaumzeug trug. Silbermond sah phantastisch aus. Mit einem silberfarbenen Mond zwischen den silbernen Federbüschen am Kopf und in die Mähne geflochtenen silbernen Bändern machte er seinem Namen alle Ehre. Während Sasha alle auf die Vorführung einschwor, zog Alice ihren Kinnriemen straff und zeigte Finn zwei nach oben gerichtete Daumen. Sie war bereit!

# 20

Alice musste schlucken, als sie in die gespannten Gesichter der wartenden Kinder und deren Eltern hinter der Seilabsperrung rund um die Arena sah. Es waren so viele, und alle jubelten, als das Team einritt. Alice tätschelte den Hals ihres Ponys, das mit einem Ohrenzucken antwortete. Das kleine Dalespony namens Jill war an Zuschauer gewöhnt und schien überhaupt nicht beunruhigt. Shelley ritt Jack, das andere Dalespony, und lächelte ihrer Partnerin aufmunternd zu. Alice' Mutter würde vor der Arena mit Silbermond warten, während Alice den ersten Teil ihrer Vorführung absolvierte, um danach die Ponys zu wechseln.

Als die Musik für die Vorführung einsetzte, lief Alice eine Gänsehaut über den Rücken. Wie oft hatte sie der Ponyparade zugesehen, und jetzt war sie selbst ein Teil des Teams! Sasha galoppierte zuerst in die Arena, ihr Umhang blähte sich hinter ihr auf, und Robins Mähne war voller Glitzer. In der Mitte der Arena blieben sie stehen, bevor Robin mit den Vorderbeinen in die Luft stieg, höher und immer höher, während Sasha in die Menge winkte, die begeistert klatschte.

Während Sasha ein herrliches Schenkelweichen im Galopp parallel zur langen Seite der Arena vollführte, ritten Fergus, Shelley und Alice hinein. Fergus ritt auf Lachlan voran, Alice und Shelley folgten dicht hinter ihm, Seite an Seite. Alice konnte natürlich nicht das vorführen, was Molly getan hatte, aber dennoch sahen die Ponys beeindruckend aus, als sie völlig synchron galoppierten. Sie waren so daran gewöhnt, als Paar geritten zu werden, dass sie praktisch fast eins waren.

Alice und Shelley vollführten zusammen eine doppelte Schlangenlinie, während Fergus ihnen entgegengaloppierte. Er grinste, als ihre Wege sich kreuzten, und genoss das Ganze offensichtlich genauso sehr wie Lachlan. Als Alice und Shelley ganz vorne in der Arena ankamen, trennten sie sich und ritten einen starken Galopp zu den jeweils gegenüberliegenden Seiten, die Schweife der Ponys wehten hinter ihnen.

In diesem Moment ritt Finn auf der Mittellinie in die Arena, und die Zuschauer staunten und jubelten, als er sich seitlich kopfüber aus dem Sattel seines weißen Highlandponys hängen ließ, bevor er sich in einer flüssigen Bewegung nach oben schwang und auf dem breiten Rücken des Ponys stand. Er und Sasha unterhielten die Zuschauer dann mit all ihren Kunststücken. Sasha zeigte auf Robin eine wundervolle Pirouette, während sie in ihrem Damensattel völlig ruhig saß, und Finn donnerte in einem gewagten Galopp rund um die Arena, dabei lehnte er sich so weit seitlich aus dem Sattel, dass er einer ganzen Reihe von begeisterten Kindern ein High-five geben konnte. Es war atemberaubend.

Dann kam Silbermonds Augenblick, im Rampenlicht zu stehen. Er schien die Atmosphäre zu genießen, tänzelte vor der Arena mit gespitzten Ohren leicht von einer Seite zur anderen. Alice nahm Silbermonds Zügel, während ihre Mutter ihr schnell in den Sattel half.

Die Musik änderte sich, und die Zuschauer waren gespannt, was als Nächstes käme. Die Kinder staunten, als sie Silbermond entdeckten, der mitten im Sommer wie aus einem Wintermärchen wirkte. Alice schnalzte leise mit der Zunge und hielt fast die Luft an. Wenn Silbermond jetzt nicht mitspielte, wäre die Vorführung ruiniert. Doch sie versuchte, positive Gedanken auszustrahlen, und hoffte, dass diese Silbermond erreichten. Sie dachte daran, wie das Pony ihr beim Feuer nicht von der Seite gewichen war. Silbermond drehte den Kopf und sah sie an, klimperte mit seinen hellen Wimpern, und Alice spürte wieder die besondere Verbindung zwischen ihnen.

Sie holte tief Luft und trieb Silbermond zu einem Trab. Als seine Schritte länger wurden und seine seidige Mähne flog, lachte Alice begeistert auf, bis die Zuschauermenge vor ihren Augen völlig verschwand und es wieder nur sie und Silbermond gab, die zusammen in ihrer eigenen Welt tanzten. Auf ihm zu reiten fühlte sich so an wie damals im freien Gelände: lebendig, wild und einfach herrlich.

Sie konnte gar nicht aufhören, ihn zu tätscheln und zu umarmen, als sie die anderen Reiter erreicht hatte und merkte, dass Finn sie auf eine Weise ansah, wie nie vorher. Voller Wärme? Stolz? Bewunderung? Was auch immer, es war das beste Gefühl auf der Welt, als sie Silbermond zu einem perfekten gleichmäßigen Stehen auf allen vier Füßen brachte. Das Ganze war nur ein winziger Erfolg, doch für Alice bedeutete es viel, wenn nicht alles. Während sie noch bei der restlichen Vorführung zusah, eine Hand auf Silbermonds Hals, fühlte sie sich so gut wie schon lange nicht mehr.

»Unglaublich, danke!« Sasha war begeistert, als sie schließlich nacheinander die Arena verließen. Das Klatschen und Jubeln wollte gar nicht aufhören, und so drehte das Team mit den Ponys noch eine Ehrenrunde in der Arena. Silbermond war zur Begeisterung der Zuschauer voller Anmut rund um die Arena getrabt, und Finn und Sasha erhielten einen extra Applaus.

»Ich kann euch allen gar nicht genug danken«, fuhr Sasha fort und wischte sich über die Augen. »Das war die beste Vorführung, die wir je geliefert haben.«

»Und ohne euch wäre das nicht möglich gewesen!«, sagte Finn und legte einen Arm um Alice' Schultern, die darunter zusammenzuckte, als hätte sie einen Stromstoß bekommen. »Gut gemacht«, sagte Finn und beugte sich zu ihr. »Das war genau das, was ich gemeint habe.«

Alice drehte sich zu ihm und wünschte sich, dass er noch mehr sagte und dass dieser Moment nicht endete, als Finn unvermittelt den Arm wegzog und einen lauten Schrei ausstieß. Alice' Blick ging plötzlich ins Leere.

»Dad!«

Sasha sah hoch und stieß ebenfalls einen Jubelschrei aus und rannte zum Rand der Arena.

Der Mann, der am Eingang stand, hatte die sonnengebräunte, wettergegerbte Haut eines Mannes, der schon sein ganzes Leben lang im Freien arbeitete. Sasha warf die Arme um seinen Hals, während Finn dabeistand und sich über die Augen wischte. In seinem Gesicht stand ein so seltener Ausdruck von Glück, dass Alice die plötzliche Panik, die sie eben überfallen hatte, zu verdrängen versuchte. Sie freute sich für Finn, dass sein Dad nach all dem, was die Geschwister diesen Sommer durchgemacht hatten, endlich zurück war, aber sie konnte nicht anders, als zu bedauern, dass gerade dieser für sie beide so besondere Moment derart abrupt unterbrochen worden war.

Vorsichtig führte sie Silbermond zum Ausgang und

war unschlüssig, ob sie einfach zurück zum Transporter gehen sollte oder ob Finn wohl noch irgendetwas sagen würde.

Finn fasste sie am Ellbogen, und wieder war sie unter seiner Berührung wie elektrisiert.

»Alice, das ist mein Dad«, sagte er und zog sie mit sich. Alice hielt noch immer Silbermonds Zügel, und das Pony folgte dicht hinter ihr.

»Ich bin Angus. Freut mich, dich kennenzulernen.« Finns Dad schüttelte Alice' Hand mit festem Griff. Seinen Akzent konnte sie nicht genau einordnen, aber sein Haar und seine Augen waren so dunkel wie die von Finn.

»Neues Teammitglied?«, fragte Angus und nickte in Alice' Richtung. Sie schüttelte nur stumm den Kopf.

»Nein, Dad.« Finn lachte. »Wir haben dir ja so viel zu erzählen! Alice hat uns heute ausgeholfen. Aber woher wusstest du denn, dass wir hier sind?«

Angus runzelte die Stirn. »Ich habe endlich eure Nachrichten erhalten. In den Bergen gab es keine Handyverbindung. Seitdem versuche ich, euch zu erreichen. Schaut ihr denn nie in eure E-Mails?«

Alice sah den schuldbewussten Blick, der zwischen Finn und Sasha gewechselt wurde. Sie wusste ja selbst, wie beschäftigt die beiden während der letzten Tage gewesen waren.

»Jedenfalls«, fuhr Angus fort, »habe ich es schließlich geschafft, Molly zu erreichen, und sie erzählte mir von dieser großen Party, auf der ihr auftreten würdet, also dachte ich, ich überrasche euch.«

»Tja«, sagte Sasha, »du hast uns auf jeden Fall überrascht.«

Alice hörte eine leichte Bitterkeit in Sashas Stimme. Alice fragte sich, ob sie vielleicht verärgert war, dass ihr Vater sich so lange nicht gemeldet hatte, trotz all der Schwierigkeiten, die sie gehabt hatten.

»Wie um Himmels willen seid ihr denn hierhergekommen?« Angus musterte die Villa. »Nicht unser üblicher Auftrittsort.«

»Das ist eine lange Geschichte«, sagte Finn. »Wir haben den Auftritt über Alice' Mutter bekommen, sie ist Trainerin für Dressurpferde. Sie hat mir den Sommer über einen Job gegeben. Ich durfte auf Turnieren die Ponys ihrer Kunden reiten.«

Angus war deutlich erstaunt. »Wirklich?« Er hob eine Augenbraue und verzog das Gesicht. »Ich dachte, du hasst diese Art von Reiten?«

Finn zuckte mit den Schultern. »Ehrlich gesagt war es recht gut. Es sind tolle Ponys, Dad, und es hat mir Spaß gemacht.«

»Tja, wenn du das sagst.« Angus sah gar nicht beeindruckt aus. »Aber Finn, du wirst jetzt nicht mehr viel

Zeit dafür haben. Ich brauche deine Hilfe. Es gibt da ein Pony in Spanien, das ich herholen möchte. Es ist ein Problemfall.«

Finn sah seinen Vater gleichmütig an. »Natürlich helfe ich dir«, sagte er ruhig, »aber es gefällt mir auch, die Turnierponys zu reiten.«

Alice blickte nach unten und merkte, dass Finn immer noch ihren Ellbogen hielt. Es war, als ob Angus sie ganz vergessen hätte.

»Tja«, sagte Finns Vater mit erneut hochgezogenen Augenbrauen, »dann sollte ich diese wunderbare Turniertrainerin, die dich zur dunklen Seite bekehrt hat, wohl mal kennenlernen.«

»Wir kennen uns schon, Angus.«

Josephine war unbemerkt hinter ihnen aufgetaucht. Etwas in ihrem Ton ließ Alice praktisch das Blut in den Adern gefrieren, und sie merkte, wie Finns Griff um ihren Arm fester wurde.

»Josie!«, sagte Angus und drehte sich langsam um. »Wie geht es dir?«

Alice sah ihre Mutter an, die ihre Arme vor der Brust verschränkt hatte. Die Spannung zwischen ihr und Finns Vater lag förmlich in der Luft.

»Du kennst Josephine?« Finn sah seinen Vater fragend an, und Alice hielt die Luft an.

»Wir waren beide in einem Team von jungen Reitern,

damals, als ich noch Springreiter war«, sagte Angus und musterte Josephine ausdruckslos. »Ich lebte damals oben in Yorkshire, lange bevor wir in Grannys Haus zogen und du geboren wurdest, Finn. Sasha war noch ein Baby. Es ist viele Jahre her.«

»Es mag Jahre her sein«, sagte Josephine scharf, »aber für mich fühlt es sich an, als wäre es gestern gewesen. Erinnerst du dich noch an Master Blue?«

Alice war völlig verblüfft. Blue war das Pferd, das ihre Mutter gehabt hatte, bevor Alice geboren wurde. Er war auf der obersten Koppel begraben. Ihre Mutter sprach nur sehr selten darüber.

»Wie könnte ich das vergessen?«, sagte Angus und sah einen Moment lang zur Seite. Seine Stimme war gleichmütig, doch Alice meinte noch irgendetwas anderes herauszuhören … Bedauern?

Josephine sah aus, als wolle sie noch etwas sagen, doch sie entschied sich offensichtlich dagegen. »Komm jetzt, Alice.« Ihre Stimme war eiskalt.

Es gab so viele Fragen, die in der Luft lagen. Finn blickte zu Alice und zuckte mit den Schultern, bevor sein Vater mit ihm und Sasha weiterging. Angus blickte sich noch einmal um, gerade als Alice das ebenfalls tat, und ihre Blicke trafen sich für den Bruchteil einer Sekunde. Angus' Ausdruck war nicht zu deuten.

Die Party ging fröhlich weiter, und da die Ponys in Samanthas Ställen gut untergebracht waren, mischten sich die Reiter unter Samanthas Gäste. Finn und Sasha waren ständig von Leuten umgeben, und alle wollten mehr über sie erfahren. Entsprechend bekam Alice sie nicht mehr viel zu Gesicht. Samantha war begeistert, dass der Auftritt ein solcher Erfolg war! Aber Alice kam es so vor, als entgleite ihr Finn, und es gab keine Möglichkeit mehr, mit ihm über das zu sprechen, was zwischen ihrer Mutter und seinem Vater los war.

»Es war herrlich! Alle waren begeistert!«, schwärmte Samantha glücklich und hakte sich bei Alice und Shelley unter.

Alice lächelte sie dankbar an. Sie würde das Samantha nie vergessen. Im Team der Ponyparade zu reiten hatte ihr einen kleinen Vorgeschmack auf das gegeben, was sie mit Silbermond erreichen konnte. Wieder einmal dachte sie zurück an Honey, wie sie früher zusammen furchtlos querfeldein gesaust waren. Jetzt hatte sie die Hoffnung, dieses Gefühl eines Tages wiederzufinden.

Kurz darauf, als Alice im Stall gerade dabei war, Silbermond für die Heimfahrt vorzubereiten, kam ihre Mutter zu ihr. »Ich bin sehr stolz auf dich«, sagte sie mit einem kleinen Lächeln.

Alice blickte überrascht auf. »Danke, Mum.« Komplimente von ihrer Mutter waren sehr selten. Alice beschloss, die Gelegenheit zu ergreifen. »Mum, was ist denn damals mit Finns Dad passiert?«

Es herrschte eisige Stille, bevor ihre Mutter antwortete.

»Ich möchte jetzt nicht weiter darüber reden.« Josephines Stimme war leise. »Aber lass mich eines deutlich sagen. Ich mag Finn wirklich, aber hätte ich gewusst, wer sein Vater ist, hätte ich ihm auf keinen Fall den Job gegeben.«

»Das ist aber doch unfair!«, rief Alice. »Du kannst es doch nicht an Finn auslassen. Was immer auch der Grund für den Streit zwischen dir und seinem Vater war, ist doch jedenfalls schon längst vorbei, oder?«

Bei dem schmerzhaften Gesichtsausdruck ihrer Mutter hatte Alice auf einmal ein schlechtes Gewissen.

»Alice«, sagte ihre Mutter ernst, »du liebst Silbermond sehr, nicht wahr?« Alice nickte. »Tja, dann glaub mir, wenn ich sage, dass ich Blue genauso geliebt habe. Und ich werde nie vergessen, was mit ihm geschehen ist.«

Nun war Alice völlig durcheinander. Angus hatte gesagt, Sasha sei damals ein Baby gewesen, als er und Josephine zusammen in einem Team gewesen waren, und Sasha war jetzt dreiundzwanzig. Alice wusste jedoch, dass Blue gestorben war, kurz bevor sie selbst geboren wurde. Das waren mindestens zehn Jahre, nachdem ihre Mutter zusammen mit Angus geritten war. Was also war mit

Angus und Blue in den Jahren vor dem Tod des Pferdes geschehen? Es war ein Rätsel. Sie öffnete den Mund, um weiter zu fragen, schloss ihn dann aber schnell wieder, da ihre Mutter die Hand hob, um deutlich zu machen, dass diese Unterhaltung beendet war.

»Zurück zu Silbermond«, sagte ihre Mutter in ihrer üblichen geschäftigen Art. »Ich weiß, er war nicht einfach zu handhaben. Wenn du es schaffst, dass er sich bei den Turnieren so gut präsentiert wie heute, wird er unschlagbar sein, genau wie Lily.«

»Ehrlich gesagt, Mum, habe ich darüber viel nachgedacht.« Alice holte tief Luft. »Silbermond ist einfach nicht für diese Art von Turnieren gemacht, und ich will ihn auch nicht dazu zwingen«, sagte sie und drückte das Kreuz durch. »Es gefällt ihm nicht, und ich weiß, er würde sich nur noch sturer dagegen sträuben. Das hat er mir schon die ganze Zeit sagen wollen, aber mir ist es jetzt erst klargeworden.«

Josephine hob eine Augenbraue. »Bist du sicher, dass du es nicht selbst bist, die aufgibt, weil es manchmal schwierig ist?«, fragte sie, doch Alice schüttelte entschieden den Kopf.

»Nein. Nein, so ist es nicht. Gib mir bitte einfach eine Chance, etwas anderes zu finden, was ihn glücklich macht.«

»Meinst du nicht, dass das eine Verschwendung

wäre?«, fuhr Alice' Mutter fort und klang eindeutig nicht überzeugt.

»Nein«, wiederholte Alice entschieden. »Ich werde weiter die anderen Ponys für dich bei den Turnieren reiten, aber nicht Silbermond.«

Josephine seufzte. »Na gut«, sagte sie. »Ich kann dich nicht dazu zwingen. Es ist dein Pony. Aber ich denke, er könnte ganz an die Spitze kommen, wenn du dabeibliebst.«

»Das glaube ich eben nicht, Mum«, widersprach Alice. Es war ihr sehr wichtig, dass ihre Mutter das verstand, um Silbermonds willen. »Er war in der Turnierarena nicht glücklich, und ich auch nicht. Er hat einfach nicht die richtige Einstellung für solche Turniere, das weiß ich.« Sie sah ihrer Mutter geradewegs in die Augen. »Ich weiß das, weil es mir genauso geht. Ich muss etwas finden, was uns beiden wirklich liegt. Was wir beide lieben.«

# 21

Eine Woche verstrich, und Alice hatte Finn zu ihrer Enttäuschung seit der Party nicht mehr gesehen. Auch ihre Mutter hatte weder Finn noch Angus erwähnt und war in ihrem Büro mit der Planung der neuen Saison so beschäftigt gewesen, dass Alice sie nichts hatte fragen können. An einem Abend versuchte sie online zu recherchieren, was mit Master Blue geschehen war, doch auch wenn es jede Menge Einträge gab, was die Turnierergebnisse ihrer Mutter betraf, konnte sie doch nichts anderes herausfinden. Und alles, was Fergus wusste, war, dass Blue zu Hause eingeschläfert werden musste.

Ein paar Tage später, als Alice in den letzten Sonnenstrahlen des frühen Herbstes das Zaumzeug säuberte, fuhr ein ihr gut bekannter zerbeulter Land Rover die Einfahrt hoch. Sasha saß am Steuer und Finn auf dem Beifahrersitz. Alice' Herz schlug auf der Stelle schneller, und sie eilte zum Wagen, um die beiden zu begrüßen. Sasha winkte Alice zu und ging sofort weiter zu Fergus.

»Hi Alice«, begrüßte Finn sie. »Ist deine Mutter auch da?«

Alice schüttelte den Kopf. »Nein. Sie ist auswärts bei irgendeinem Treffen.«

»Gut.« Finn klang erleichtert. »Ich wollte auch zu dir.«

»Ich dachte schon, du kommst gar nicht mehr.« Alice war es egal, ob sie übereifrig klang. Sie hatte ihn so vermisst!

Finn sah schuldbewusst drein. »Ich hatte echt viel zu tun. Wir mussten jede Menge klären.«

»Es ist ja nur, weil dein Dad … ich meine … es war ziemlich klar, dass er nicht wollte, dass du weiter bei uns reitest.« Auf dem Weg zu Silbermonds Koppel stieß Alice nervös mit den Stiefelspitzen nach den Kieselsteinen.

»Ja, er ist nicht wirklich ein Fan vom Dressurreiten«, bestätigte Finn und schnitt eine Grimasse. »Er hält es für völlig überflüssig. Aber er hat sich lange mit Samantha unterhalten und ist einverstanden, dass ich in der nächsten Saison wieder ihre Ponys reite. Jetzt, da er weiß, dass Samantha uns nach dem Brand so viel geholfen hat, hat er das Gefühl, dass wir ihr etwas schulden. Und wenn wir schon bei den Turnieren sind, hast du mit deiner Mutter über Silbermond gesprochen?«

Alice nickte mit einem Lächeln. »Du hattest recht. Sie war gar nicht so sauer, wie ich dachte. Hat dein Vater irgendetwas darüber gesagt, woher unsere Eltern sich kennen und was mit dem Pferd meiner Mutter passiert ist?«, stieß sie gleich im Anschluss hervor.

Finn schüttelte den Kopf. »Kein Wort. Und deine Mutter?«

Alice zuckte mit den Schultern. »Auch nichts. Nur dass es vor ungefähr zwanzig Jahren passiert ist. Sie ist aber wegen irgendetwas sauer auf deinen Vater.«

»Tja, Dad will nicht darüber reden, aber ich werde ihn schon noch dazu bringen«, sagte Finn entschlossen. »Wir sind bald ziemlich lange in einem Pferdetransporter nach Spanien unterwegs, das ist eine gute Gelegenheit. Aber wenn du irgendwas herausfindest, schreib mir, ja?«

»Spanien?«, rief Alice entsetzt aus. »Du fährst mit ihm nach Spanien? Für immer?«

Finn schüttelte mit einem Lächeln den Kopf. »Nein, nur in den Ferien. Sobald Dad mir von diesem Pony erzählt hat, war klar, dass ich ihm helfen muss.«

Alice runzelte die Stirn. Sie war sich ziemlich sicher, dass der Wettbewerb um den Titel Pferd des Jahres in den Ferien stattfand. Würde Finn dabei fehlen, nachdem er die Ponys ihrer Mutter dafür qualifiziert hatte? Damit wäre sie bestimmt nicht einverstanden!

Es gab eine Pause, bevor Finn fortfuhr. »Jetzt, wo Dad zurück ist, wollen wir die Ponyparade wieder richtig zum Laufen bringen und noch besser machen als je zuvor. Die Geburtstagsparty hat uns tatsächlich einige Buchungen eingebracht. Molly war einverstanden, wieder zu uns zurückzukommen, und wir suchen noch nach einem vierten Reiter. Aber du musst unbedingt kommen und dir das Pony aus Spanien ansehen, wenn wir es kriegen«, fügte er hinzu.

Alice gab sich Mühe, erfreut dreinzusehen. Langsam entwickelte sich für die Geschwister nach diesem furchtbaren Sommer alles zum Guten. Aber sie selbst hatte das Gefühl, als ob Finn ihr wieder entgleite. Spanien … die Ponyparade … sein Vater … Würde er je wieder Zeit haben, sie und Silbermond zu besuchen?

»Das ist ja toll!«, sagte sie und versuchte sich mit ihm zu freuen, und Finn lächelte.

»Ja, nicht wahr? Aber Alice …«

Alice drehte sich wieder zu ihm. »Ja?«

»Ich freue mich darauf zu sehen, was du mit Silbermond erreichst«, sagte er, streckte die Hand aus und tätschelte das Pony. »Ich habe das Gefühl, dass ihr beide zusammen richtig gut sein werdet.«

Alice lehnte sich neben ihn an den Zaun, und beide sahen sie Silbermond beim Grasen zu. Dieses Pony, das ihre beiden Welten zusammengeführt hatte, weil es damals wie ein Wirbelwind durch ein Turniergelände gefegt war. Silbermond schnaubte, als wolle er zustimmen, und Alice musste lachen.

»Was ist denn so lustig?«, fragte Finn.

»Es ist einfach nur komisch, wie Dinge sich entwickeln können«, sagte Alice, die zu verlegen war, um ihm den wirklichen Grund zu nennen: Dass sie Silbermond dankbar war, Finn in ihr Leben gebracht zu haben. Aber Finn lächelte, als ob er auch so verstanden hatte.

Alice schlüpfte durch das Tor und legte ihre Arme um Silbermond. Bald käme der Herbst und damit Silbermonds sechster Geburtstag. Endlich fühlte sich Alice frei genug, um ihren eigenen Weg mit ihrem Pony zu finden. Sie hoffte, Finn wäre dabei auch an ihrer Seite … Aber egal, welche Herausforderungen auf sie warteten, sie wusste, dass sie diese mit Silbermond bewältigen würde, ihrem wunderbaren und ganz besonderen Pony.

# Dank

Vielen Dank an das phantastische Team von Nosy Crow, besonders an Kirsty für ihre fachliche Hilfe und ihre Ratschläge. Ein großes Dankeschön an meine fabelhafte Lektorin Sarah, die Finn und Alice von Anfang an »verstanden« hat und mit der zu arbeiten einfach toll war. Danke an das ganze Team von Nosy Crow, das die Bücher vom Anfang bis zum Ende so fabelhaft betreut!

Dank auch an Sandy, die wunderbare Freundin der Familie. Bei unseren gemeinsamen Ausritten plaudern wir stundenlang, und ihr umfangreiches Wissen über Pferde war von unschätzbarem Wert.

Zum Schluss möchte ich sagen, dass das Schreiben von Pferdebüchern wirklich die schönste Arbeit der Welt ist, und ich muss mich bei meinem Mann Clive bedanken, der mich bei jedem Schritt auf diesem Wege unterstützt. Natürlich bedanke ich mich auch bei meiner Tochter Lara, die mich zum Lächeln bringt und die Pferde genauso liebt wie ich.

*Wenn du wissen willst, wie es mit*
*Alice, Silbermond und Finn weitergeht,*
*dann kannst du hier schon mal in das zweite Abenteuer*
*›Silbermond – Eine stürmische Nacht‹ reinlesen.*

# Prolog

Alice stieß die Tür zum Gästezimmer auf und ging geradewegs zum Bücherregal. Dort standen so viele Pferdebücher, da musste doch eines dabei sein, in dem es um das Training von schwierigen Pferden ging!

Als sie nacheinander jeden Buchrücken antippte, fiel ihr Blick auf ein Sammelalbum, das hinter den anderen Büchern steckte. Sie zog es heraus und lächelte, als sie ein Foto ihrer Mutter als junges Mädchen entdeckte.

Auf dem Foto absolvierte ihre Mutter gerade mit entschlossenem Gesichtsausdruck einen Sprung. Es war eigenartig für Alice, sie auf einem Pferd zu sehen, da ihre Mutter seit Jahren nicht mehr geritten war.

Das Pony auf all den Fotos war ein wunderschöner Grauschimmel. Alice kannte ihn, es war Master Blue, das geliebte Pony ihrer Mutter, das gestorben war, als Alice noch klein war. Alice ließ ihren Finger mit den Sätzen ihrer Mutter mitwandern, während sie von einem Erfolg nach dem anderen las. Auf den letzten Seiten angelangt, spürte Alice, wie sich ein Kloß in ihrer Kehle bildete.

Hier befand sich Blue in einer Tierklinik, ihre Mutter lag neben ihm, und die beiden schliefen Seite an Seite.

Die Diagnose des Tierarztes klebte neben dem Foto. Ein Satz stach Alice ganz besonders entgegen: *»Ernste Verletzung der tiefen Beugesehne. Ungünstige Prognose.«*

Alice blätterte zur nächsten Seite um. Hier waren die Worte mit solchem Nachdruck geschrieben, dass Tintenflecke auf die Seiten gespritzt waren.

*Angus hat mich überredet, am Strand zu reiten. Warum ist er einfach losgaloppiert? Warum hat er nicht angehalten? WARUM hat er gedacht, er könnte mir helfen? Blue wird nie wieder geritten werden können. Angus hat ALLES kaputtgemacht!*

Alice sprang der Zorn ihrer Mutter auf dieser Seite förmlich entgegen. Schnell schlug sie das Sammelalbum zu. Was war denn nur mit Master Blue passiert? War Angus, Finns Vater, wirklich Schuld daran? Und was bedeutete all das für Alice und Finn …?

# 1

»Tja, das war nicht gerade unsere Bestleistung.« Alice beugte sich vor und tätschelte ihr Pony Silbermond, als sie ihn mit lockerem Zügel zurück zum Hof ritt. »Tut mir leid, wenn ich dich enttäuscht habe, mein Junge.«

Es war später Nachmittag an Silvester, und obwohl es draußen eiskalt war, kam Alice gerade vom Springtraining in der Außenanlage zurück. Fergus, der Pferdepfleger, hatte ihr geholfen, einen kleinen Parcours vorzubereiten.

Silbermond hatte ihn auch prompt in einem Satz absolviert – seine Sprunglänge war für ein Pony unglaublich. Mit gespitzten Ohren lief er ausgesprochen schwungvoll im Galopp, so dass Alice' ganze Kraft nötig gewesen war, um ihn daran zu hindern, geradewegs über den Zaun der Arena zu springen. Und je mehr sie ihn zurückhielt, desto unberechenbarer wurde sein Springstil. Er sprang einige Längen zu früh ab und raste dann schon gleich auf das nächste Hindernis zu.

»Was soll ich nur machen?«, hatte Alice sich ratlos bei Fergus erkundigt.

Fergus hatte nachsichtig gelächelt. »Tja, eifrig ist er

Leseprobe

auf jeden Fall. Hoffen wir einfach, dass sie einen ordentlichen Lehrer im Reitclub haben, der sich auch mit Springen auskennt!«

Alice zäumte Silbermond mit vor Kälte halbtauben Fingern ab und legte ihm wieder die Satteldecke über, bevor sie ihn zurück in seinen Stall führte. Der dortige Schutz vor dem eisigen Wind war eine Wohltat. Silbermond begann sofort, sich an seinem Heunetz zu schaffen zu machen, und Alice lehnte sich lächelnd einen Moment gegen ihn. Auch wenn Silbermond ein reinrassiges Pony war, das im Prinzip draußen in der Kälte bleiben konnte, war Alice doch froh, dass er in seinem gemütlichen Stall untergebracht war.

Fergus lachte leise auf. »Du würdest dieses Pony mit in dein Zimmer nehmen, wenn du könntest. Aber in den Waliser Bergen müsste er draußen überleben!«

Alice grinste. »Ich weiß, aber er ist inzwischen ja so an seinen warmen Stall gewöhnt, dass ich ihn bestimmt nicht dazu bringen könnte, bei solchem Wetter draußen zu bleiben.« Sie lachte, als Silbermond sie leicht anstupste, als wolle er ihr beipflichten, bevor er sich wieder seinem Heu widmete.

»Tz! Verwöhnter Kerl!«

Alice wusste, dass Fergus sie nur neckte. Alle Ponys im Turnierstall ihrer Mutter kamen nachts in den Stall, selbst die abgehärteten Züchtungen wie Porridge, das

Shetlandpony, und Lachlan, das Highland. Es war ein harter Winter gewesen, der nun schon so lange dauerte, dass der Sommer eine Ewigkeit zurückzuliegen schien.

»Ich sag dir, für wen die Kälte anstrengend sein dürfte …«, Fergus lehnte sich gegen den Türrahmen. »Für die neue Stute von Finn und Sasha. Das arme Ding kommt aus Spanien in den rauen britischen Winter. Wie ich Finn kenne, hat er sie wahrscheinlich direkt ins Haus geholt.«

Alice bekam bei der Erwähnung von Finn gleich ein Flattern im Bauch. »Ich hab keine Ahnung, was Finn zur Zeit so treibt«, stieß sie hervor und konzentrierte sich noch mehr auf ihr Pony.

Der vierzehnjährige Finn Cutler und seine ältere Schwester Sasha hatten im Sommer viel Zeit mit Alice und ihrer Familie verbracht. Neben seinen Vorführungen mit der Ponyparade – dem beeindruckenden Team von Kunstreitern – hatte Finn die Turnierponys des Hofes geritten. Alice und Finn waren enge Freunde geworden, und sie hatte gedacht, es verbände sie eine besondere Beziehung.

Doch dann war Finns Vater zurückgekehrt, nachdem er mehr als ein Jahr im Ausland gearbeitet hatte, und Alice hatte Finn seitdem kaum mehr gesehen. Außerdem hatte sich herausgestellt, dass Angus, Finns Vater, und Josephine, Alices Mutter, einander von früher kannten und sich gar nicht leiden konnten. Alice wusste, diese

Leseprobe

Unstimmigkeiten hatten etwas mit Master Blue, dem damaligen Pferd ihrer Mutter zu tun. Nachdem sie das Sammelalbum gefunden hatte, war klar, dass ihre Mutter Angus für Blues Unfall verantwortlich machte. Alice wollte unbedingt genauer wissen, was damals geschehen war, doch ihre Mutter weigerte sich, darüber zu sprechen. Und seit Angus' Rückkehr hatten sie Finn kaum noch gesehen oder von ihm gehört. Er hatte sogar die Teilnahme am Turnier um den Titel »Pferde des Jahres« abgesagt und war stattdessen mit seinem Vater nach Spanien gefahren, um ein Pony zu retten.

Gedankenverloren spielte Alice mit Silbermonds Mähne und dachte zurück an den Sommer. Finn war der Erste gewesen, dem sie ihre Probleme mit Silbermond gestanden hatte. Der Schimmel war von Anfang an eine Herausforderung gewesen, eigenwillig und hitzköpfig. Obwohl Alice eine ganz besondere, innige Beziehung zu ihm hatte und eine sehr gute Reiterin war, hatte sie manchmal mit ihm zu kämpfen. Seit sie aufgehört hatte, ihn bei Dressurturnieren zu zeigen, hatte sich die Situation etwas gebessert, aber Alice vermisste Finns Hilfe und Ratschläge. Er konnte einfach großartig mit Pferden umgehen und war ein unglaublich guter Reiter.

Alice versuchte jetzt, Finn aus ihren Gedanken zu verdrängen und stieß einen tiefen Seufzer aus. Sie würde ihn ohnehin bald sehen. Sie war endlich Mitglied des

Reitclubs geworden, und der größte Teil des Winterprogramms sollte auf Hilltops, einer nur etwa vier Meilen entfernten Reitanlage stattfinden. Morgen, am Neujahrstag, würde Alice zu ihrer ersten Veranstaltung gehen. Und die Ponyparade – Finns und Sashas Team aus Kunstreitern – stand auch auf dem Programm.

Einerseits konnte Alice es kaum erwarten – es war eine gute Gelegenheit, alle kennenzulernen und einen ersten Eindruck vom Reitclub zu bekommen. Andererseits wäre es auch das erste Mal seit Monaten, dass sie Finn wiedersah, und bei dem Gedanken stellten sich bei ihr sofort wieder Schmetterlinge im Bauch ein. Na ja, Schmetterlinge war vielleicht etwas untertrieben. Es war eher so, dass ihr vor Nervosität ganz schlecht wurde. Ob Finn sich wohl verändert hatte – sowohl im Aussehen als auch in seinem Verhalten ihr gegenüber?

Später an diesem Abend, als die Zeiger der Uhr weiter auf Mitternacht zugingen, beschloss Alice, noch einmal hinaus zu Silbermond zu gehen. Ihre Mutter und ihr Vater saßen im Wohnzimmer und sahen sich im Fernsehen Silvestershows an. Alice zog sich eine Pudelmütze über ihr blondes Haar und schlüpfte hinaus. Es war nicht nötig, eine Taschenlampe mitzunehmen, denn der Mond schien unglaublich hell, er badete den Garten und den Hof in ein silbernes Licht. Der Himmel funkelte von

Leseprobe

Tausenden von Sternen, und alles war eisig gefroren und ganz still. Einige Ponys hatten sich hingelegt und blinzelten schläfrig, als Alice an ihnen vorbeiging. Und dort, am Ende der Reihe, war Silbermond. Er döste mit einem entlasteten Hinterbein, die Augen geschlossen, als er jedoch Alices Schritte hörte, wieherte er leise.

Alice öffnete die Tür seiner Box und lächelte. »Wir haben beinahe Neujahr, mein Junge. Ein wichtiges Jahr liegt vor uns.«

Es schien unglaublich, dass Alice das Pony vor einem Jahr zum ersten Mal geritten hatte. Es waren keine einfachen Monate gewesen. Obwohl Alices Mutter eine bekannte Turniertrainerin war, war nach einigen peinlichen Misserfolgen klar geworden, dass der junge und ausgesprochen lebhafte Silbermond nicht für diese Art von Turnierarena geschaffen war. Alice hatte schließlich beschlossen, dass er – und sie – beim Springreiten besser aufgehoben wären.

Doch auch beim Springreiten ging es nicht zügig voran. Silbermond hatte großes Talent, aber Alice wusste nicht, wie sie ihn weiterbringen konnte.

Als Silbermond sich jetzt auf seinem Strohbett ausstreckte, legte Alice die Arme um ihn. In der stillen Nachtluft konnte sie die Kirchenglocken hören, die gerade Mitternacht schlugen. Die tiefen Töne drangen bis nach Park Farm hoch, zusammen mit schwachen Klängen von Jubelrufen und fröhlichen Gesängen. Alice hatte keine Einladungen zu irgendwelchen Feiern bekommen, da sie nie genug Zeit hatte, um sich mit Freundinnen oder Freunden aus der Schule zu verabreden. Aber sie fand es sowieso viel besser, hier bei Silbermond zu sein. Sie umarmte ihn noch ein letztes Mal, dann stand sie auf, ihre langen Beine waren inzwischen schon ein klein wenig steif vor Kälte. Wer wusste schon, was das neue Jahr für sie und ihr übermütiges Pony bereithielt!

Leseprobe aus:

Olivia Tuffin
*Silbermond – Eine stürmische Nacht*
Aus dem Englischen von Angelika Eisold Viebig
Erscheint bei Fischer KJB

Hedderichstr. 114, D-60596 Frankfurt am Main